诗词里的中国
纳兰容若词传

桃花月球 / 著

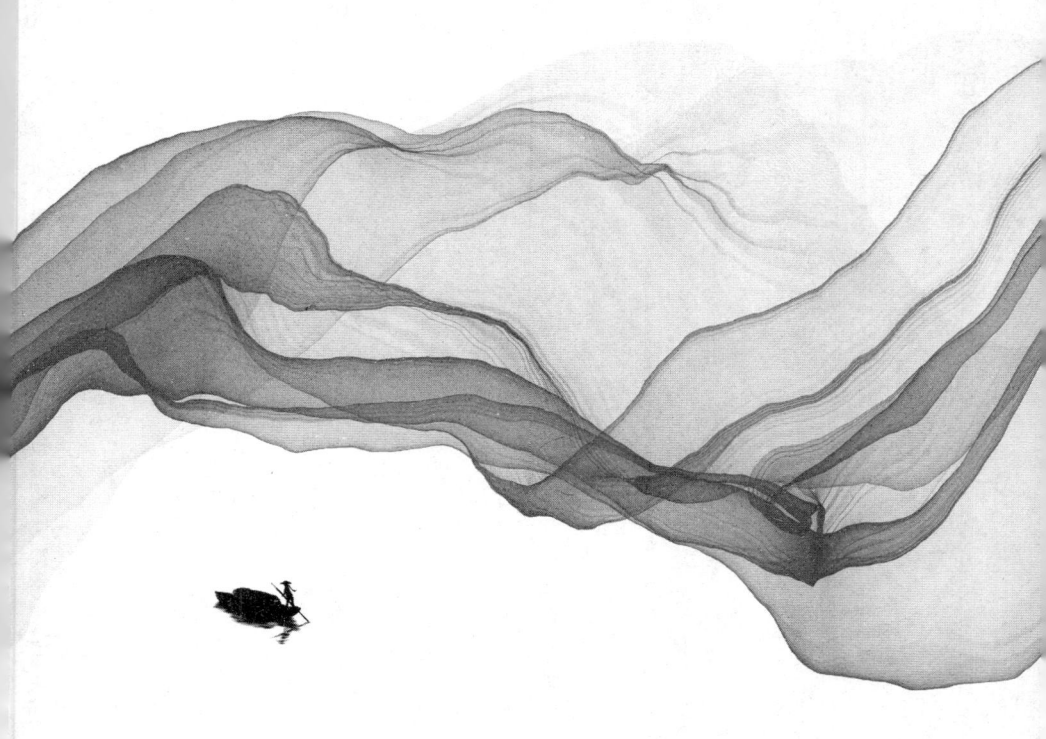

天地出版社 TIANDI PRESS

诗词里的中国

纳兰容若词传

序

唐诗宋词，比翼双冠，璀璨了古典文学。

很难想象，在清朝这样一个诗词已经式微的朝代，还能再现诗词上功力比肩唐宋的人。

但纳兰容若做到了。

纳兰容若的时代，他的词享誉四方，是流行文化，曾经出现过"家家争唱饮水词"的景象。纳兰容若去世后，他的好友顾贞观将他的诗词整理出版，传播广泛，久盛不衰。

近代学者王国维称赞纳兰词"以自然之眼观物，以自然之舌言情"，认为纳兰容若称得上北宋词令盛行以后，词界的第一人。而另一位晚清词人况周颐也在《蕙风词话》中，将纳兰容若捧到了"国初第一词手"的位置。

然而，纳兰词"惊艳"过一个时代，也永载史册，纳兰容若的命运却令人唏嘘。

相比王侯贵胄公子们在灯红柳绿间流连的日常，他性情中自带三分"痴意"。虽出身钟鸣鼎食之家，却不以做锦衣玉食的

"富贵花"为荣,只梦想"一生一世一双人,一茶一箪一共鸣"的逍遥与长情。

这注定了他的内心矛盾重重,挣扎折磨,情深不寿。

家族要求他建功立业,做个于国于家有大贡献的伟丈夫,他不能抛开。自我意志又指引他关注内心,沉浸于"情缘"缠绵上的浓情蜜意,他想做个与爱人厮守的书生,不能如愿。

金戈铁马是他的一生,推不开。

锦绣富贵是他的一生,很无奈。

情深义重更是他的一生,走不出。

纳兰容若饱受相思之苦。

年少风花雪月,他曾经眷恋一人,谁料想有情人难成眷属。夭折的初恋,成了他一生跨不过去的遗憾。

及至成熟,他娶妻纳妾,妻子卢氏善解人意,他被这份懂得打动,想珍惜眼前人,但只度过了短短三年佳期,就与爱妻天人永隔,这让他一生至殇不纾。

情路怅惘,幸得好友帮助,于江南觅得知音沈宛,纳兰容若以为这次可以达成"好梦佳期"的心愿,然而世俗门槛横拦,满汉通婚不被允许,好事难全,最终这段情缘也化为泡影。

佛前清莲要尝尽凡尘的悲欢离合,方能皈依;世间琼瑶要受尽人间百炼,始能成器;诗词意境的成就,亦要噬尽心中的青春白雪,穿行柴米烟火,才能游山筏水,涌动笔下灵动,激起心中万千柔情。

纳兰容若在锦衣玉食、华服美器中,消磨着对这世界的热情,于人生不幸,于诗词万幸。

最后,他只剩惊涛骇浪的平静,大悲大喜的无澜,平淡无奇的至性,风云迭起的舒缓,于是一切不可说,无可说,不能说,也无法说。

爱博心劳,情深不寿,慧极而伤,最终因为寒疾复发,三十一岁的纳兰容若英年早逝,写就了美中不足,过犹不及,遗憾长存的悲情。

人们叹息"纳兰心事几人知",还好有一阕词,能咏,能叹,能思,能怨,能念。

失意浓缩成了"人生若只如初见。何事秋风悲画扇"的痛心,"夜深千帐灯"的孤独,"断肠声里忆平生"的辛酸,"沉思往事立残阳"的凄楚。

生活上的咬噬,和纳兰的敏感细腻撕裂,成就了纳兰词的格局,不被富贵气象所囿,不拘泥秾华缛丽的堆砌,一字一伤,一境一殇,深入到人性幽微之处,写尽了世人心中的千情百态。

徐志摩说:"他信手的一阕词就波澜过你我的一个世界,可以催漫天的烟火盛开,可以催漫山的荼蘼谢尽。"

词遇上纳兰容若,不再是艳科小道,不再是酒宴歌舞场上的产物,去掉了邪念,生出了梵文经卷的圣洁,也成就了深情挚爱的入骨绝唱。

人生自是有情痴,此恨不关风与月。

纳兰之情无计,纳兰之情深邃,都承载在一阕诗词中盛开不败,让后来人共鸣。

且让我们以纳兰词为线,穿越密集的历史资料,找回纳兰容若的一生,了解纳兰容若的一生。

目录
CONTENTS

·第一章· 陌上人如玉

画屏初逢 / 003

深宫梦影 / 012

文坛唱和 / 022

科场抱病 / 035

渌水亭畔 / 049

·第二章· 奈何情深画不成

幸遇佳偶 / 065

金榜题名 / 077

侧帽风流 / 093

冷暖自知 / 109

卢氏离世 / 124

第三章　谁念西风独自凉

博学鸿儒 / 141

扈从出行 / 157

续娶佳人 / 171

出使梭龙 / 185

江南一梦 / 205

知己情重 / 222

离世——人间自是有情痴 / 237

第一章

陌上人如玉

画屏初逢

　　人生若只如初见。何事秋风悲画扇。等闲变却故人心,却道故人心易变。

　　骊山语罢清宵半,泪雨零铃终不怨。何如薄幸锦衣郎,比翼连枝当日愿。

——《木兰花·拟古决绝词,柬友》

有人说,感情里最深的遗憾往往与年轻有关。

情窦初开之时的青涩朦胧,知己好友初相逢时的单纯淡然,大都始于年轻,这于人生、于人情都是不可复制重来的事,最后倘若是分离、不愉、永隔,自然令人痛心。

世界给纳兰容若的"人生初见",亦是如此。当时他只是一个叫"冬郎"的孩子,粉妆玉琢,单纯明丽,哪里想到三千雪花亦是人间历练。

冬郎生于顺治十一年腊月(1655年1月),正值寒冬。他的父亲是后来权倾朝野的纳兰明珠。

彼时虽然明珠只是一名职位不高的宫廷侍卫，但出身高贵，祖上曾是叶赫部的统领。同时，明珠是个很有学识的人，九岁随父辈入关便学习汉文，熟悉典章制度，为未来的崛起做好了铺垫。他在康熙八年（1669年）做过皇帝的经筵讲官。这个职务虽然是虚职，却常常由朝中学识卓越的大臣担任，可见明珠的学识。

冬郎的母亲也不是平常仕宦之女，乃是努尔哈赤第十二子阿济格家的格格，和顺治皇帝同宗一脉，是名副其实的皇亲贵胄。她幼习满文，也喜欢汉文化，曾经通读过《资治通鉴》等书，也给了冬郎很好的引导。

豪门嫡子总是被寄予厚望，所以为冬郎起正式的名字让一家人很费心思。据说，明珠由《易经》"君子以成德为行，日可见之行也"一句，为冬郎取名"纳兰成德"，希望他能够有所成就，品行达到君子的境界。

但这个名字一波三折，在冬郎成年以后与康熙皇帝的皇太子胤礽的小字"保成"冲撞，不得不讳"成"字，改为"性德"，后来皇太子改名，才又改了回来。

当时满人入关后学习汉文化亦成潮流。纳兰成德最初在家学习，父亲为其聘请的都是当时著名的汉文化学者。进入八旗弟子的官学后，除了学习满人的骑射箭术，纳兰成德的文化课也没有落下，修习的是儒家经典。纳兰成德天资聪慧，过目不忘，加之涉猎广泛，"沉酣六艺，博采百家"。他非常喜欢研读唐诗宋词，并且在学习过程中，性情中的幽思多虑也显现了出来。因此，汉人文化圈中的填词作赋，亦成了他追捧至极的风雅事。

纳兰成德的汉人朋友很多，了解到成德极为欣赏《荀子·不苟》中的一段话："君子宽而不僈，廉而不刿，辩而不争，察而不激，直立而不胜，坚强而不暴，柔从而不流，恭敬谨慎而容"，就建议他取"容若"为字，称他为"成容若"。自此，"纳兰容若"成了纳兰成德最广为人知的称呼。

其实，"冬郎"是唐代诗人李商隐形容神童韩偓的。韩偓十岁能诗，纳兰容若亦十岁成诗。康熙三年（1664年）上元佳节，宝马香车，火树银花，十岁的纳兰容若随家人上街看社火表演，被满城花灯的流光溢彩感染，写下了《上元即事》：

> 翠髦银鞍南陌回，凤城箫鼓殷如雷。
> 分明太乙峰头过，一片金莲火里开。

这是纳兰容若第一次用诗词记录世界，也是他第一次显现才情。此时冬寒未去，春色在望，他兴奋地穿行在京都灯市的喧嚣里，忘了身后的仆从。眼前灯火璀璨明亮，就像一片金莲花在火里盛开，他被人流簇拥着一路前行，迎着空气中浮动的女性脂粉的幽香，如梦如幻。于是，他内心情致涌动，便有了上面的诗句。

这情致丝丝络络，缠绕不尽，让他沉醉。他抬起头望见了天上的月亮，这一夜人间灯市如昼，月华却流波黯淡，朦胧别致。他的思绪一下飘得更远。于是月殿的嫦娥，斑驳的桂花树影子，古老的传说，再次撩拨了他的诗情。

他又写下了人生的第一首词《清平乐·上元月蚀》：

瑶华映阙，烘散蓂墀雪。比似寻常清景别，第一团圆时节。

影娥忽泛初弦，分辉借与宫莲。七宝修成合璧，重轮岁岁中天。

后来他与顾贞观相遇，成为知己。顾贞观看到他的诗词大加赞赏，对他说："令尊给你取名冬郎，真是名副其实啊！"

纳兰容若当然明白顾贞观是变相称赞他的才华，于是笑着说："我阿玛哪里想到这些典故，不过是我碰巧出生在寒冬，是个名副其实的冬日儿郎罢了。"

时也？命也？运也？

人间总有些巧合说不清楚。诗人韩偓，十岁时筵前赋诗，语惊四座，有《韩翰林集》《香奁集》《韩内翰别集》等存世。

此冬郎自然非彼冬郎。然而，二人皆有才华，谁又能说这不是机缘？

> 散帙坐凝尘，吹气幽兰并。茶名龙凤团，香字鸳鸯饼。玉局类弹棋，颠倒双栖影。花月不曾闲，莫放相思醒。
>
> ——《生查子》

　　锦绣富贵之家的生活大多雷同，每日的任务就是读书、骑射、喝茶、郊游。但纳兰容若在这些生活之外，有自己的喜好。母亲信奉佛教，不允许家里喧闹，容若在朋友们的记述中，平日里"静默成人生"，极为安静。

　　他在《生查子》中这样记录日常生活：锦衣玉食，但却常常无故寻愁觅恨；他面前是翻开的书卷，身边有温香如玉的丫鬟侍立。这样绮艳优裕的生活，他却觉得异常枯燥，凝神端坐读书的时候，莫名其妙地生出无尽的不自在。

　　于是，容若的目光不再专注在书本上，几日都荒废学业，书一页都没有翻动，上面落了一层灰。他呆呆地看着面前的一切，茶具是极品龙凤，香是鸳鸯饼，玉局弹棋是双栖鸟，这些物件都成双成对，想到自己孤身一人，竟满脑子开始飘飞佳人的回眸一笑。

　　这很像贾宝玉的生活。但认真一想，对女孩子生出朦胧幻想，这是青春少年的通病，却又病得理所当然。

而纳兰容若也确实有一个与贾宝玉有关的传闻。据说，当年曹雪芹十载青灯写成了《红楼梦》，风靡"朋友圈"，也惊动了风流倜傥的乾隆皇帝。乾隆也是个文艺青年，爱赶时髦，喜欢凑热闹。并且，他人在深宫，却对江湖上的事很热衷，听说《红楼梦》成了"朋友圈"中的"顶级流量担当"，便差近臣和珅去搞了一本手抄本一睹为快。

和珅最喜欢给乾隆做私家猎手，他立刻行动，把《红楼梦》的抄本呈给主子御览。没想到，乾隆看了以后，感慨着说出了这样一句话——"此盖为明珠家事作也"，他笃定地认为，纳兰容若就是贾宝玉的原型。

乾隆自幼很得爷爷康熙皇帝赏识，是康熙皇帝的孙子辈中唯一被破格允许进入畅春园伴驾读书的人，对曹家与纳兰家的渊源了若指掌。

纳兰容若与康熙皇帝同年出生，曹雪芹的祖父曹寅比容若小四岁。因为曹家有人做过康熙的乳母，曹寅很早就做了康熙皇帝的伴读。所以，曹寅与康熙极为亲近。而纳兰容若的父母都与康熙关系极为亲密，容若与曹寅自然极为熟识。后来，两人一起进入皇帝的侍卫团队，成为心腹近臣，在御前共事八年，更成为密友。曹寅也是个文艺青年，曾主修《全唐诗》，与容若志趣相投，称得上一路人，相交甚厚。

所以，乾隆觉得《红楼梦》里有纳兰容若的影子不为过。当然，《红楼梦》的故事肯定不是写纳兰明珠的家事。但乾隆的话却给容若的故事，增添了关于一位"林黛玉"的"绯闻"。虽然这位"表妹"到底姓甚名谁，是不是也像林黛玉一样因为孤苦无依，寄居在纳兰府上，都不得而知，却让容若的故事多了些传奇。

纳兰容若有一首《浣溪沙》记录了这段青梅竹马初见的时光。

容易浓香近画屏，繁枝影著半窗横。风波狭路倍怜卿。
未接语言犹怅望，才通商略已蕾腾。只嫌今夜月偏明。

词中流淌着青春年少的心动情悦、羞涩甜蜜，还原了容若与表妹的初见。

之前，容若隐隐听父母提及自己与表妹幼时曾有婚约。那时候这位表妹身在远方，还不知道是不是能如自己所愿。结果有一天，这位神仙妹妹进京了，来到了眼前，住在了自己家中，让他有机会看到了未来也许要共度一生的人。

当时容若正在家学读书。渴望滋生慌乱，一颗心早已飞出书房。如此魂不守舍，教书的先生也看出来了。他善解人意，破例早一点下课，让其前去相见。没想到，容若欣喜之下，却又情怯了。尽管和表妹有婚约，不过因当时八旗婚配制度极为严格，二人碍于皇家规矩，尚未明确结亲下聘，因此难免多了一些拘谨和羞涩。

顺治年间爱新觉罗氏入关称帝，就留下祖制，凡十三至十六岁的女子，都必须参加过户部主持的三年一次的秀女选拔才能自行婚配。不参加选秀的女子，即使到二十多岁也不能自行聘嫁。而未经选拔就有了婚约，乃是重罪，必受惩罚，甚至连女子所在旗的最高长官也要连坐。

乾隆六年（1741年）就有一个著名的案例。闽浙总督德沛曾经想求皇帝网开一面，让自己的儿子与两广总督马尔泰之女完婚。马尔泰之女还没有经过秀女选拔就自行婚配，违背了祖宗规矩，乃是大逆不道之罪。德沛知法犯法，令乾隆大怒，乾隆敕令德沛星夜进京，当面领受斥责。所以纳兰容若的表妹也得过这一关，才能自主择嫁。

《红楼梦》中宝黛初会时，二人尚年幼，虽然前缘注定，却还不识情之滋味，贾宝玉只是说"这个妹妹我曾见过的"。纳兰容若与表妹的初见却不一样，二人都已经知道未来他们极有可能成为夫妻，所以比宝黛情绪要激动。

纳兰容若放缓脚步，长长吁气。此时月亮已经升起，月影翔落，斑驳树影投在碧绿的纱窗上，幽香透过画屏沁入心脾，静谧美好。青春儿女，情感朦胧，不说已经是说。容若走进去和表妹并肩站立。表妹钗环珠珰垂肩，秀美无比。容若侧影俊秀清朗，玉树临风，极为动人。二人都想表达什么，却都说不出。于是容若开始在脑海中寻找失去的句子，却还是语无伦次。为了逃避这尴尬，他甚至开始恼恨这个夜晚的月光太亮。这种窘态，把表妹逗笑了。

　　表妹在纳兰家住了下来。可能是因为家中变故，也可能是为了秀女选拔。因为资料遗失，没有人知道真相。但容若的生活却因为表妹的到来，有了不一样的活力。自此书中的墨色，庭外的流水，空中的浮云，眼前的空气都成了内心辽阔的投射。

深宫梦影

> 十二红帘窣地深,才移划袜又沉吟。晚晴天气惜轻阴。
> 珠祓佩囊三合字,宝钗拢髻两分心。定缘何事湿兰襟。
>
> ——《浣溪沙》

深情之人往往看重情,因而情重。与表妹相处日久,感情也越深。情事在纳兰容若心中涌动。

相恋之人总要有一句海誓山盟才能打消对方的猜测和胡思乱想。容若却并不知道表妹究竟是如何想的,他开始像那些热恋中的人一样患得患失,心意未明之时,生出很多猜测和隐忧,生怕自己不是对方心中的那一个,也生怕情感错付。存了这份心,容若对表妹更为关注。

古代的男女表达真情实意,有着不输现代人的浪漫,而这浪漫因为多了一层世俗束缚,隐晦朦胧,更让人欲罢不能。

他们喜欢在小物件上用情。比如《古诗笺》中说"以玉缀缨，向恩情之结"，用玉之垂缨留情；梁武帝萧衍诗中写道"腰间双绮带，梦为同心结"，用同心结来释情；汉代辛延年《羽林郎》诗中写"长裙连理带，广袖合欢襦"，用"合欢襦"来共情；唐代有王氏妇与李章武赠答诗云"捻指环，相思见环重相忆。愿君永持玩，循环无终极"，以赠送白玉指环来实现感情连接。

而《红楼梦》中贾宝玉赠送林黛玉的是旧手帕，林黛玉给贾宝玉的是用心缝制的香囊；贾琏收了情人尤二姐的一缕青丝，寓意"青丝一缕随身寄，妾身如丝永相随"；尤三姐拿到了柳湘莲的鸳鸯剑，连泼辣性情也戒了。

除了赠送，有的女孩子"何以致拳拳？绾臂双金环"，用手臂上的双金环来表明自己已经情有所属；有的男孩子"君子无故，玉不去身"，用这样的行为来独善其身。容若的表妹用宝钗将发髻拢起，好像一颗心分成两半，腰上佩戴着表示爱意的香囊，踏着晨露前去编织花环，谁又能说不是对容若有情？

容若是细致敏感的，表妹的一举一动他都尽收眼底。青年男女的爱恋往往千回百转，欲说还休。容若为了表达自己，也决定做一点事。比如用兄长的名义下书，看似非常正式，骨子里却是约表妹来说些体己话，以慰相思。

于是，便有了这首《落花时》：

夕阳谁唤下楼梯，一握香荑。回头忍笑阶前立，总无语，也依依。

笺书直恁无凭据，休说相思。劝伊好向红窗醉，须莫及，落花时。

词中写到，一天夕阳西下时分，表妹接到纳兰容若的信，满心欢喜地从楼梯上走下来。然而，看到表妹仪态盈盈、楚楚动人的样子，容若居然一句话也说不出来了。

表妹是很聪明的女孩，见此情景心知肚明。她有点调皮地忍住笑，在台阶上伫立，一语不发。于是空气中浮动着无须多言的心意相通，像极了顾城诗中的境界："草在结它的种子，风在摇它的叶子，我们站着，不说话，就十分美好。"

默默相对，二人又没话找话，表妹慌乱地说，容若给她的书信中所写的期约竟如此不足凭信。明明相思浓烈，又假意推脱不懂，这样的情感交流，此时无声胜有声，正是古代青年男女习惯使用的方式。

这首词也有人说是容若为妻子卢氏所写，但这种羞涩似乎给初恋更贴切。其实，此时表妹还没有发现玄机。因为，纳兰容若为了表明自己的心迹，早已经在借给表妹的书中写下一首《柳枝词》：

一枝春色又藏鸦，白石清溪望不赊。
自是多情便多絮，随风直到谢娘家。

在这里，容若自比多情的柳絮，简单直白地表明了自己的心迹。可惜的是，这首《柳枝词》据说因为写在书页中，表妹当年未解其中的小心思。等到她看到时，已经是收录在容若的诗词文集中的文字，这份海誓山盟，经年以后，才到达她的手中。

真是阴差阳错！

然而也恰恰是这阴差阳错，让他们活成了有故事的人。因为这世间好事多磨是常态，所有的美好往往都绕不过命运，半点也不由人。即便海誓山盟，姻缘前定，也逃不过变数。表妹和容若都知道，他们的婚姻还要过皇帝甄选这一关。而这一关因为时局的动荡，成了二人之间最大的障碍。

此时，康熙皇帝面临着辅政大臣操控朝中大权，三藩蠢蠢欲动，极有可能叛乱等很多棘手的问题。为了让权力早日回到自己手中，他一直在培植自己的政治力量。孝庄太后和康熙皇帝都对明珠极力拉拢。康熙三年（1664年），明珠被授予内务府总管之职，跻身三品官；康熙五年（1666年）又授弘文院学士，参与国政；康熙七年（1668年）更是调任刑部尚书，成了从一品的高官，可谓平步青云。

很明显，皇帝需要明珠助力，自然对他家里选送的秀女有所倾斜。这让容若和表妹都隐隐感觉到,他们的婚姻危机重重。这层隐忧搅得他们寝食难安,也让他们私下里格外关注朝堂上的风起云涌。

其实,通过联姻获取大臣支持,在历朝历代的权力斗争中都是常态。比如康熙四年(1665年),孝庄太后为了平衡朝中的势力,就曾利用联姻拉拢老臣索尼为康熙所用,授意康熙将索尼的孙女、索额图之女赫舍里立为皇后。所以纳兰一族被如法炮制,通过联姻为政治服务也不是没有可能。表妹被留用宫中的概率非常大。

不久,这层隐忧就变成了现实。纳兰明珠家中适龄的女子,只有这位暂时寄居于此的容若的表妹,也就按照程序让她进入了待选行列。明珠深知其中利害,权衡之下认为容若的婚事可以再定,入选宫中却是皇家恩典,是荣耀,也是机遇。于是,他按流程呈报,虽没有十拿九稳的把握,但凭借敏锐的政治嗅觉,却存了七分希望。

不久,宫中赐下名分,容若的表妹成了待入宫的佳人。宫门似海两相隔,容若的初恋就此情断。

容若的朋友在为其写的墓志铭中提到,容若是一个对父母非常孝顺的人。所以面对这样的突变,可以推测他极有可能选择了隐忍,暂时将自己的悲伤隐藏了起来。即便情伤入骨,他也依然维持着表面的平静,不但为表妹进宫忙前忙后,还按照礼仪,亲自送表妹入宫。

于是，这种反差带来的反噬更为强烈，在表妹眼含热泪，随宫人离去，府中忙乱平静下来后，容若的伤痛排山倒海而来。这段不能说，一说就是错的感情，自然成了纳兰词中哀伤决绝的永恒基调。

一生一代一双人，争教两处销魂。相思相望不相亲，天为谁春？

浆向蓝桥易乞，药成碧海难奔。若容相访饮牛津，相对忘贫。

——《画堂春》

初恋的伤愈合起来极难。纳兰容若这首词一字一殇，一句一悲。其中"一生一世一双人"，更是被后世广为传唱。词中多次化用前人诗句典故，比如"蓝桥易乞"化用的是裴航"蓝桥之遇"的典故，"药成碧海难奔"化用的是李商隐的"嫦娥应悔偷灵药，碧海青天夜夜心"之句。真挚的男女情爱，往往一眼万年。这首词叹尽了痴男怨女纵有深情却爱而不得的遗憾。

对纳兰容若来说，爱情是沁润心脾的良药，亦是浸入心灵的毒药。这毒药慢慢渗入肺腑，让他上瘾，释怀不了，放不下，只有不停自伤，追问，咀嚼，亦不断让这段感情的余哀在心底盘旋。于是情毒不解，一生惆怅难以抚平。

时光流转，秋尽冬来。这一年冬天，大雪纷纷，罕见地连绵不断。宫中传来表妹生子的喜讯，明珠府上极为喜庆。此处笙歌，彼处萧条。过往一切到了这里，似乎才尘埃落定，但容若的心却碎了。

他不知道自己是如何熬过这个漫长冬天的。他把自己埋首在书卷的册页里，忘记了时间。等到再抬头，才发觉已经到了春天。他走出房门，与世界似乎有了隔膜。曾经的枯枝败叶，已经被窗外的满眼碧色取代，到处都是新芽初翠，柳絮飘飞。

柳絮如同落雪，风过之处，纷纷扬扬。但他的忧伤却隐秘而深入骨髓，浓缩在心底沉重如铁。暮色苍茫，静寂中乌鸦喧嚷聒噪，都让人觉得突兀，让人心惊，像陡然间惊破了一场梦。梦醒了，物是人非，也便生出无限烦闷：三分春色描来易，一段伤心画出难。

独立黄昏，容若的思绪被眼前的苍凉拉长，于是他借一位女子的口吻，写下了这首著名的《梦江南》：

昏鸦尽，小立恨因谁？急雪乍翻香阁絮，轻风吹到胆瓶梅，心字已成灰。

这首词中，容若把自己的哀伤承载在一位痴情的美人身上。美人独立夕阳中，身形落寞，心香成灰，有对往昔深情不悔的眷恋，有对当下萧索黯淡心境的反馈，也有对未来心意凉薄的感伤。

曾经不被人知的心念，随时间远去，如今面对独自饮泣的孤独，她唯有将自己的心意都倾注在踯躅中，徘徊着，让时间承担一切，冲淡一切。春风是软的，轻轻地吹开层层心门，亲手所插的数枝梅花，还在怒放。看着它们缠绵长情的姿态，居然也觉得刺心，内心飘过了另一层冰冷。

不舍，不甘，不忘，怀念，自伤，哀叹……

剪不断，理还乱，偏偏又不甘心，不死心，很伤心。真正一个"情"字痛煞人心，一场执念又熬煞人心！

沈从文先生曾说："我行过许多地方的桥，看过许多次数的云，喝过许多种类的酒，却只爱过一个正当最好年龄的人。"初恋终究是每个人的人生中无可替代，迈不过去，也割舍不断的特别的一章。

然而，每个人的承受力都是有限的，当人的感情压抑到一种境地，往往也横生一腔孤勇。纳兰容若便是如此。

清代无名氏的《赁庑笔记》中记载，纳兰容若因为爱而不得，极其苦闷，为看佳人一眼，失去了理智。他做出了一个疯狂的举动——潜入宫中去看自己的表妹。清代宫廷门卫森严，纵然明珠是朝廷重臣，未得传召进入内帏也是大罪。容若这般举动，一旦事泄，后果必是腥风血雨。

但容若已经完全被情感掌控，一切都顾不得了，生死置于度外。当时恰逢国丧，这位少年铤而走险，贿赂了每日入宫唪经的喇嘛，借其身份，身披袈裟，混在喇嘛中间，进入宫中。

容若如愿见到了自己的表妹，写下了《减字木兰花》：

相逢不语，一朵芙蓉著秋雨。小晕红潮，斜溜鬟心只凤翘。

待将低唤，直为凝情恐人见。欲诉幽怀，转过回阑叩玉钗。

在哭声震天的丧葬仪式上，表妹和容若四目相对，千言万语，却无法言说。他们忘记了自己此时是在城垣巍峨、法度森严，一步走错、万劫不复的皇宫中。

容若眼中的表妹淡妆素裹，如同出水芙蓉，容颜娇羞而红润，凤翘斜插鬓间，清丽脱俗。表妹眼中的容若，玉树临风，形销骨立。太多的思念定格在这一瞬间，他们都想要说些什么，却只是嗫嚅着嘴唇，话语全部卡在了喉咙里。

离愁别绪汇聚，表妹的眼中泛起泪光。她理解容若被情感的烈火烧得荒芜的内心，但也知道自己最应该做的是保全纳兰一族的性命。于是这位聪慧的女子拔下玉钗，在某个他人不注意的时间点上，轻轻叩击九曲回廊，以声达意："玉钗恩重，满眼皆情，千言万语，你我心知。"

容若与表妹心有灵犀，瞬间懂了，也觉得一切够了，值得了。

他亦眼中有泪，清醒过来，责任加身，最后选择了放下。他随喇嘛的队伍黯然从皇城退出，回归属于自己的位置。这就是容若初恋的结局，是相见也是离别，是情浓也是情断，是开始也是结束，悲欣同至，却又无可奈何。

纳兰容若回去以后，就病倒了。

《牡丹亭》说："情不知所起，一往而深，生者可以死，死可以生。生而不可与死，死而不可复生者，皆非情之至也。"

爱了一场，就是病了一场，痴情之人，情到深处，便是如此。

文坛唱和

新寒中酒敲窗雨,残香细袅秋情绪。才道莫伤神,青衫湿一痕。

无聊成独卧,弹指韶光过。记得别伊时,桃花柳万丝。

——《菩萨蛮》

一切已成定局,忘记却极难。太多时候,相思成了纳兰容若闲暇之时的主旋律。感情上的遗憾,与他性情中的多思碰撞,让他的诗词沾染着浓愁离恨,随着时间流逝定格在每一个季节。

转眼之间,春去秋来。窗外秋雨冰冷,秋风萧瑟,又勾起了他的回忆。想起与表妹分别之时,是在桃花盛开的三月,如今已经到了秋天。一怀愁绪的内心搅碎韶光,承载着窗外的枯败,与凄凉冰冷共舞,又激起一阵黯然神伤,纵容千万心念转过。

但容若是家中嫡子,早已经被家族划定了人生轨迹,有太多的尘俗事务需要他去打理,更有太多责任需要他去担当,他永远不能任性。因此他不得不让这情伤，深埋生命的内里，任由孤独成了清欢。这是一种幸运，也是一种不幸。幸运的是，在当下的时光里，因为事务繁多，他不必被情绪完全掌控。不幸的是，感伤积聚，未来沉渣泛起，必是悲伤逆流成河。

明珠极其注重容若的教育，望子成龙之心极盛。

满人入关以后，学习汉文化成为一种流行趋势。满人的教育，十岁以前是在家中完成启蒙，十岁以后才进入八旗官学。所以明珠不惜重金给自己的长子聘请名师，在家里悉心教授，让容若赢在了起跑线上。即便后来容若进入八旗官学，家庭教师也没有因此被罢黜。

容若的第一任老师叫丁腹松。此公不但博学，且治学严谨，性情高洁，对官宦之家的孩子从不曲意奉承，任其放纵。这让明珠极为赞赏。当时丁腹松屡试不第，与进士无缘，正处在人生的低谷期，明珠就将其聘到府上，做了容若的老师。

容若跟这样的老师学习，学业进步很大。明珠看到丁腹松对儿子的教育如此尽心，就想额外给他点福利。明珠深知丁腹松在进士考试中屡屡受挫，就想替他走捷径。当时明珠已经是内务府的总管，于是他私下知会考官，暗地里替其疏通。

没想到丁腹松为人光明磊落，很重视文人气节。进士放榜以后，他本以为自己是凭本事考上的，没想到内幕居然是明珠从中疏通，于是痛哭不已，认为明珠毁了自己的名节，坚决辞官，亦不受功名，只管打点行装，回原籍通州隐居避世，再不踏入名利场半步。

明珠深为遗憾，好心办了坏事，极为歉疚，于是又赠送丁腹松万金汇券，想要助其以后衣食无忧，以此来弥补自己的弄巧成拙。没想到丁腹松连这也烧了。明珠只好叹息一声，随其自去，随后为容若聘请了第二位老师董讷。

董讷也是一位饱学之士。此公是康熙六年（1667年）的进士，曾进入翰林院做过编修，官至江南总督。董讷为官清廉，学问人品俱佳。他对容若极为爱惜，认为这个学生天分极高，聪慧无比，于是教授学问也极为用心，并且在做人与做事上也对纳兰影响极大。

从十三岁开始，纳兰容若就跟随董讷学习，诗词上也有了很大进步。董讷的《拟古诗》极为有名，容若也曾写过多首《拟古》，比如下面这一首：

朔风吹古柳，时序忽代续。庭草萎已尽，顾视白日速。
吾本落拓人，无为自拘束。偶傥寄天地，樊笼非所欲。
嗟哉华亭鹤，荣名反以辱。有客叹二毛，操觚序金谷。
酒空人尽去，聚散何局促。揽衣起长歌，明月皎如玉。

这首诗将容若的个性写了出来。人是有两个世界的，物质的，精神的。物质的丰盈不能缺失，但也不能取代精神上的富足。所以纳兰容若风流倜傥，却内心不拘，虽然身在高门广厦，却将富贵看作樊笼，常有山泽鱼鸟之思，梦想闲云野鹤，纵情山水。

这让纳兰一生都活在矛盾中。在世俗世界，富贵是人人渴望而难以企及的，他却轻易得到；荣华也是他人遥不可及的，他同样轻易得到。他倾慕古今名士，想要的是逃开纷扰的世界，携一红颜知己，安抚浮躁，静享生活，一粥一饭，淡然岁月，静静度过流年。然而人生所求，越是看似简单，越难以圆满，得到失去，失去得到，大部分人都是历尽生活曲折，如愿的极少。

康熙十年（1671年），十七岁的纳兰容若以优异的成绩考入国子监，成了太学学生。这让他的学业大进，也让他的交际圈和视野开阔了。作为一个学霸少年，他以为自己以后一定会大展宏图，前程似锦，没想到中途发生了变故。

当时国子监的祭酒是著名的学士徐元文。徐元文是顺治十六年（1659年）的进士，顾炎武的外甥，文华殿大学士，"昆山三徐"之一，不但才学卓著，而且治学非常严谨。康熙皇帝曾经称赞他说："徐元文为祭酒，规条严肃，满洲子弟不率教者，辄加挞责，咸敬惮之，后人不能及也。"

容若进入国子监以后，很快就因为自身的勤勉和聪慧，引起了徐元文的注意。

清代初期,学风浓厚,考据之类的东西不但流行,而且严谨。国子监文庙戟门左右,有十多个石鼓,容若对此产生了浓厚的兴趣。

这些石鼓,历史悠久,其上刻有四言诗,反映的是古代君王的故事,却一直没有确定具体的刊刻年代,因此吸引了一代又一代的文人学者考证。他们不但研究石刻本身的价值,也对石鼓的历史进行追溯,留下了很多文献资料,让石鼓的价值又加了一层。

容若进入国子监后,徘徊石鼓前,每天观摩这些石鼓,很是入迷。石鼓究竟是何年代制造,一直是学界争论不休的事情。没有定论的迷局,往往令研究者前赴后继,比如《红楼梦》未完,就养活了一大波人。石鼓也是如此,连康熙皇帝当年也对这些石鼓感兴趣,并写过关于石鼓的考证文字《御制石鼓赞》。

容若空闲下来,也开始研究。他以阅读分析石鼓的文献资料为乐,并且因为深入思考,还根据历代文士和书法家对石鼓的记述、拓本进行考证,提出了自己的论证和质疑,居然写出了一篇极具金石价值的论文《石鼓记》。他写道:

予每过成均,徘徊石鼓间,辄竦然起敬曰:此三代法物之仅存者!远方儒生,或未多见,身在辇毂,时时摩挲其下,岂非至幸?惜其至唐始显,而遂致疑议之纷纷也……

这种相当学术的事情，容若如此年轻就完成了，令徐元文大为赞叹。他认为这个少年"非常人也"，前途不可限量，就将其推荐给了自己的哥哥，清代著名学者徐乾学。

纳兰容若第一次见徐乾学，"仰瞻风采，心神肃然"，对老师极为尊重。徐乾学是康熙九年（1670年）的探花，著作等身，最喜欢的就是藏书。此人教学不只是涉猎学问，还辅正学生做人。在《教习堂条约》里，他曾经勉励自己的学生说：做学问要立志于修养品德和学问进取两个方面。修身和做学问相辅相成，才能有锦绣前程。仅仅为了求取功名富贵而读书，终究不会有更高的层次，也就难以成为大才。

他也对容若极为赏识，认为这是一个天才少年，"如容若之天姿之纯粹，识见之高明，学问之淹通，才力之强敏，殆未有过之者"。徐乾学一直到纳兰容若去世都在辅正其学问，还教诲其说"为臣贵有勿欺之忠"。

纳兰容若开始很不理解，暗暗思索老师说的话："某退而自思，以为少年新进，未有官守，勿欺在心，何裨于用，先生何乃以责某也？"

后来才知道徐乾学的这句话典故出自寇准，用心良苦。所以容若极其推崇徐乾学，认为自己的老师"文章不逊于昌黎，学术、道德必本于洛闽，固兼举其三矣！""学术、文章、道德罕有能兼之者，得其一已可以为师"，认为他"为师之道，无乎不备"，是教师的楷模。

徐乾学是清初文学界举足轻重的人物。他让容若在学问上更上一层楼，思想境界有了更大的提升；也让容若慢慢融入了当时的汉人文化界，打通了满汉交际圈的边界，让其后来有机会成为京城诗词圈的领军人物。

受教于徐乾学，成了容若诗词学问上的极大转折点。

当时的纳兰容若正在广源寺读书。日间香客极多，几位白衣女子尤其引人注意。她们正在谈论这一年文学圈发生的一件韵事——秋水轩唱和。

这引起了容若的兴趣。

原来，因为词人周在浚寄居京城孙承泽的别墅秋水轩，"一时名公贤士无日不来，相与饮酒啸咏为乐"，吸引了很多志同道合的人前来吟诗作赋，酬唱寄情，竟引发了文学圈一场震动。

文人集会在中国历史的册页中是极为风雅的事。比如，东晋王羲之曾经邀集四十二位江南名士在会稽举行雅集；北宋驸马都尉王诜曾邀请苏轼、苏辙、黄庭坚、米芾、蔡肇、李之仪、李公麟、晁补之、张耒、秦观、刘泾、陈景元、王钦臣、郑嘉会、圆通大师十五人在西园集会；熙宁七年（1074年），苏轼与当时湖州知州李常、诗人张先等六人在湖州碧澜堂欢聚畅饮，赋诗填词。这些都是千古不朽的盛事。

《清词史》说："清顺治十年（1653年）前后到康熙十八

年（1679年）'博学鸿儒'科诏试这之间约三十年左右，是清初词风胚变，词学振兴的极其重要阶段。"作为词的中兴时代，清代初期曾经有三次词人的酬唱，分别是江村唱和、广陵唱和以及秋水轩唱和，而三次唱和，都是柳州词派领袖人物曹尔堪发起的。

曹尔堪听说周在浚在秋水轩暂时借住，便前去寻访，"见壁间酬唱之诗，云霞蒸蔚，偶赋《贺新凉》一阕，厕名其旁"，这偶然的行为，让很多文人技痒。

当时著名的词人龚鼎孳、纪映钟、徐倬等纷纷仿效，以规定的韵脚赋诗填词，接连举行了多次唱和活动。于是，一场从京师而起的文学风暴推至全国，让南北词坛词人雅士都手痒难耐，参与到唱和中来，形成了持续至年末的群体酬唱活动，一时藻制如云。周在浚便收录二十六位词人的一百七十六首词，结集二十六卷《秋水轩唱和词》刊行于世，成为词坛佳话。

容若亦是爱极了填词。等广源寺内香客尽数散去，他坐在禅房窗下像往常一样读书，却无论如何也难以再专心了。当时正值梅花盛开，梅花疏朗的影子落在书卷上，浓淡有致，风韵与幽情经由月光渲染，妩媚而别致，他心动了。

容若起身，走到月光中，借着月华翔落的光芒，看到寺院墙壁上的留壁诗词，便依照秋水轩的韵脚，亦填了一首《贺新凉》。

疏影临书卷。带霜华、高高下下，粉脂都遣。别是幽情嫌妩媚，红烛啼痕休泫。趁皓月、光浮冰茧。恰与花神供写照，任泼来、淡墨无深浅。持素障，夜中展。

残釭掩过看逾显。相对处、芙蓉玉绽，鹤翎银扁。但得白衣时慰藉，一任浮云苍犬。尘土隔、软红偷免。帘幕西风人不寐，恁清光、肯惜鹴裘典。休便把，落英剪。

《贺新凉》又名《金缕曲》，是纳兰词中的名篇。这首词中，他描绘了梅花照影的独特风姿，亦写出自己的心之所向，心如寒梅，避开繁华，寻幽独欢，不因为寂寞而心生怨念，也不因为独自菱花照影而悲伤。他将残灯遮起，与梅影同在暗夜中形神交汇。于是沧桑尘世，黯淡世情，皆在这种意境中舒展。

梅花慰藉我，我亦慰藉梅花，于是西风吹来，梅影舞动，人亦不能入睡。而因为这样的时光实在难得，容若居然心生把鹔鹴裘典当了去换取永恒之心。奈何天不遂人愿，世界是变化的，命运早就为容若安排好了一切，遇人、长情、情殇……

机缘巧合的是，当时在广源寺的墙壁上，还有纳兰容若未来的知己顾贞观的《风流子》在静静地陪他：

十年才一觉，东华梦，依旧五云高。忆雉尾春移，催吟螭药；魃头晚直，待赐樱桃。天颜近、帐前兮玉卮，鞍侧委珠袍。罢猎归来,远山当镜,承恩捧出,叠雪挥毫。

宋家墙东畔,窥闲丽,枉自暮暮朝朝。身逐宫沟片叶,已怯波涛。况爱闲多病,乡心易遂;阻风中酒,浪迹难招。判共美人香草,零落江皋。

人世缘分,真真可叹!此处铺垫,彼处相遇,是命中注定,也是机缘巧合……

容若词风和顾贞观一样属于性灵派。他对诗词的兴趣,要从少年时代说起。那时候因为情窦初开,他十分喜欢当时盛行的王次回的《疑雨集》和朱彝尊的《静志居琴趣》。王次回和朱彝尊的诗词,都写满了情爱。他们敢于挑战世俗,大胆撕开禁忌,词风旖旎艳丽,语言非常优美,契合了容若对唯美和爱的追求。

这让他对填词一度痴迷,不但追随晏几道、李煜等人的词风,钟爱花间词,还认为"花间之词如古玉器,贵重而不适用;宋词适用而少质重,李后主兼而有其美,更饶烟水迷离之致"。

词曲成了容若的精神滋养,让其长成了富贵温柔乡中,有识别度的人。

康熙十一年(1672年),十八岁的容若参加三年一次的乡试,有一段关于其外貌特色的记载。当时学子们齐聚顺天府应试,选拔后张榜,容若中举。因为此年的考官是徐乾学与蔡启僔,大家便都去门下拜会,彼此交流,互称同年,相互结交。此年参加考试的曹寅、翁叔元，韩菼等人，都成了容若的好友。当时，纳兰容若"青袍拜于堂下"，"举止娴雅"，书卷气极浓，让大家印象深刻，备受清代初年的词坛前辈关注。

举人考试之后，便是会试，主考官就是秋水轩唱和的京都主力龚鼎孳。龚鼎孳是"江左三大家之一"，当时名士，文坛领袖。他一生际遇流转，富有戏剧性，直到人生暮年才做了会试主考官，仕途有了起色。但在文学上，他却成名得不晚，所作的《香严词》更是影响了一代人。纳兰容若、顾贞观等人都曾经从这位大家的作品中汲取营养。

但是，龚鼎孳先做了明朝的臣子，次降李自成，后来又成了清廷的官员，很多明代的遗老遗少就认为龚鼎孳一生气节沦丧，多次易主，求荣之心让人不齿。所以龚鼎孳的诗词中写满了对命运的感叹。而秋水轩的唱和，他的词的主旋律就是在慨叹的基础上阐发人生感悟，让词超脱了浓艳，意境厚重而且真诚，极富感染力。

容若早就因为龚鼎孳的作品，将其视为偶像，对这位老师既仰慕又敬重，如今因会试拜在门下，自然极为亲近。文人之间往往有惺惺相惜之感，龚鼎孳对纳兰词中的性灵之气也赞叹不已，对这个后起之秀提携又爱惜。遗憾的是龚鼎孳年事已高，容若与之交往的时间极为短暂。会试结束后几个月，这位词坛大家就撒手人寰了。

纳兰容若极为感伤。京都广安门外曾经有一座"冯氏园",是万历年间所建,里面海棠花极为繁盛。龚鼎孳在世时到此游玩,并留下《菩萨蛮·同韶九西郊冯氏园看海棠》一首:

年年岁岁花间坐,今来却向花间卧。卧倚璧人肩,人花并可怜。
轻阴风日好,蕊吐红珠小。醉插帽檐斜,更怜人胜花。

龚鼎孳离世后,容若到此一游,面对满园繁花,非常感伤,于是写下了《浣溪沙·西郊冯氏园看海棠,因忆〈香严词〉有感》:

谁道飘零不可怜,旧游时节好花天。断肠人去自经年。
一片晕红才著雨,几丝柔绿乍和烟。倩魂销尽夕阳前。

这首词从"飘零"入手,追忆往昔,怀思故人,将感伤和命运凉薄结合在一起,创造出一个情景交融的境界。这是容若对亲朋好友情感的一个样本,对每一个与之交往的人他都满怀深情,尽心,尽责,尽情。比如,当时翁叔元落榜,他就极力安慰,还资助其回乡。

他似乎很早就洞察了物质的尽头其实写满了空虚,只有人与人的依靠和情感交流才是慰藉人性的良药。所以不管对谁,只要有缘相交,心性契合,他都全心全意,真诚善待。然而,情深往往不寿,命运没有给纳兰容若的情深格外的眷顾,反而让他一生都在情殇中挣扎,百般挫折。

科场抱病

> 桃花羞作无情死,感激东风,吹落娇红,飞入闲窗伴懊侬。
> 谁怜辛苦东阳瘦,也为春慵,不及芙蓉,一片幽情冷处浓。
>
> ——《采桑子》

康熙十二年(1673年)是纳兰容若的一个坎。

亦是在此年,大时代背景下的清帝国,经历着风云巨变。容若的同龄人康熙皇帝下达了裁撤三藩的诏令。明珠审时度势,因为和皇帝站在了裁撤三藩的同一条战线上,等同于抓住了机遇,成了康熙皇帝极其信任的人。多事之秋,明珠更加忙碌。容若却因为连续参加了乡试和会试,体力不支,病倒了。

清代的考试,从乡试到殿试都极为考验人的体力。蒲松龄在《聊斋志异·王子安》中,曾经这样描写清代学子参加乡试的情景:

"初入时,白足提篮似丐。唱名时,官呵隶骂似囚……其出场也，神情惝恍，天地异色，似出笼之病鸟。"

这很形象地描绘了清代学子从考场出来时的样子：精神委顿，神思恍惚，跟病鸟差不多。当时乡试考核极为严格，光入场检查就需要一天多。考场称为"号舍"，一间考场的面积只有1.2平方米。空间狭小，考生们却要在这里熬九天六夜，精神自然高度紧张，心智极度劳累，加上环境闭塞，内心孤独引发焦虑，堪称精神和肉体的双重考验。没有相当的体魄，还真就难全程熬下来。

纳兰容若的体质比较弱，完成乡试后又于来年二月参加了礼部的会试，接二连三劳心劳力，身体免疫力下降，最终导致风寒两邪乘虚而入，考完会试不久就患了寒疾，把殿试耽误了。

寒疾是因感染寒邪所致的疾病。这种疾病跟免疫力下降有很大关系，发病时，其人面色苍白，会出现畏寒、发热、头痛、身痛、呕吐、脘腹疼痛等症状。明珠是朝中重臣，有钱，有人脉。嫡子身患重病，他自然不惜重金，延请最好的医生千方百计为儿子医治，纳兰容若总算死里逃生，保住了性命。经历生死劫后，容若极其虚弱，家里虽然营养品众多，他还是留下了寒疾的病根。

躺在病床上，容若长吁短叹，于暗夜中写出了很多伤情的词，比如这首《虞美人》：

> 黄昏又听城头角，病起心情恶。药炉初沸短檠青，无那残香半缕恼多情。
>
> 多情自古原多病，清镜怜清影。一声弹指泪如丝，央及东风休遣玉人知。

词中写到黄昏时分，因为患病，容若的心情极为糟糕，看着炉子上煮沸的汤药，听着城头传来的号角声，勉强坐起，斜倚在床头，遗憾与病痛交加，不由得思绪飘远。他为命运悲伤，被感情挫败，也为未知忧心。

昏昏沉沉，黯淡无光，容若日日忧伤，夜色到来时尤甚。烛光在幽暗的暮色里摇曳，将容若的愁容拉长。快要烧尽的熏香的袅袅青烟中，懊恼聚集心头，他的泪水如同小溪在脸庞上流淌。虽说男儿有泪不轻弹，但事业与感情都遭挫败，已经足够悲伤，岂能阻挡汹涌的情感激荡？

日间百无聊赖，他便望着窗外的桃花出神。眼前明明春光摇曳，美好无比，他却觉得一切失去了情致，虽惆怅无比，却有了填词写诗的欲望。他喃喃吟诵，发出了"桃花羞作无情死"的感叹。其实哪里是桃花无情，不过是看花的人内心出了问题罢了。

纳兰容若觉得自己太不幸了，这种情绪甚至影响了他的睡眠。他经常似睡非睡。夜凉如水，月光照在院中的红豆蔻上，红豆蔻开得极为艳丽。但是不知从什么地方，隐隐地似乎有吹箫的声音传来，朦胧中，他又写下了《鬓云松令》：

枕函香，花径漏。依约相逢，絮语黄昏后。时节薄寒人病酒，划地梨花，彻夜东风瘦。
掩银屏，垂翠袖。何处吹箫，脉脉情微逗。肠断月明红豆蔻，月似当时，人似当时否？

物是人非，容若伤痛之余，追忆起青梅竹马之时，暗暗自语若有表妹在，定然不会孤单至此。这般情感的苦涩加上科考功败垂成，理想夭折，寒疾加身，人生真是跌落低谷了。容若越想越沮丧，最后因为烦恼，睡意全无，通宵失眠。

这一年和他一起参加考试的韩菼成了状元，曹寅虽然落第，也依靠家里的关系做了康熙皇帝的侍卫。想到自己拜在名师门下，熟读四书五经，寒窗苦熬十几年，原本考中进士十拿九稳，却在殿试时掉了链子，不由得长吁短叹，懊恼到失魂落魄。

想到同窗好友们金榜题名之时，着新袍，帽簪花，在樱桃宴上酬唱交流，荣耀无比的样子，他又遗憾又羡慕。原本这份荣耀也属于他，可命运却让他错失了。

正在容若沮丧无比的时候，门外侍从来报，说他的座师徐乾学送礼物来了。容若接过礼物打开一看，竟是当季樱桃，不由得又惊又喜！老师的意思很明显，这是在勉励他，要他通达乐观，三年之后樱桃宴上，虚席以待，他绝对不会再缺席。

容若心中释然不少，觉得有暖意在心间流淌。卷土重来未可知，再等三年又何妨？于是，他提笔写下了《临江仙·谢饷樱桃》回赠老师：

> 绿叶成阴春尽也，守宫偏护星星。留将颜色慰多情。分明千点泪，贮作玉壶冰。
>
> 独卧文园方病渴，强拈红豆酬卿。感卿珍重报流莺。惜花须自爱，休只为花疼。

容若以杜牧的经历自比。杜牧曾经遇到一位美少女，却未能和这个女孩结为夫妻，非常遗憾。如今，容若的遗憾与之不差分毫。他对老师的爱护极为感恩，于是他强忍着身体不适，吃了几颗樱桃，表达对老师的敬重。

春天离去，夏天到来。天气热起来，容若身体大好。此年五月，他亲自到老师徐乾学府上致谢，顺便请教学问。在这里他和老师深入交流，并把殿试挫折的失落转移到了认真做学问上。他向老师吐槽，自己在阅读古代典籍资料的时候发现，很多儒家经典的注释本存在传抄的谬误，很想进行纠正。

这引起了徐乾学的兴趣。作为一个藏书家，徐乾学也发现了这个问题，并且已经对这个选题进行了研究。学生有这个想法，让他极为兴奋。当时很多知识分子想出版自己的专著，却苦于经费不足和事务繁杂静不下心来，徐乾学亦是如此。想到他的学生纳兰容若是一个有财力、有品德，也有才华的年轻人，加上现在容若因为生病没有入职，正好可以做学问，于是就提议让容若试着编纂一套阐释经义的学术专著。

这就是后来的《通志堂经解》。

容若听后，想自己学问已成，却阴差阳错，不能侍奉天子，倒不如著书立说，于是欣然同意。

关于《通志堂经解》的著作权是徐乾学还是纳兰容若的，一直都存在着极大分歧。很多人认为二十来岁的容若就编纂出这样一部巨著，根本不可能。也有人认为，当时出版需要资金，容若出钱，自然要用他的书房"通志堂"冠名，实际上他是直接拿了老师的作品，自己作了一个序言而已。

更为奇异的是连乾隆皇帝也认为这套书不是纳兰容若编纂的。他竟然认为容若当时只有十六岁，无法担当重任，署其名纯粹就是徐乾学取悦明珠之举。但事实上此年容若已经二十岁。所以叶德辉在《书林清话》中坚定地认为："然则《通志堂经解》一书，或不尽为徐氏代刻之，百年公论，后世自有知者。"

的确，作为容若的老师，这套书徐乾学参与其中，是事实。但自古以来编纂这样的大型书籍，都不是一人完成。容若也在序言中写明，编纂过程中用到的一百四十多种藏书资料，就来自自己的老师徐乾学，并且老师在将这些资料交给他的时候，非常欣慰。

　　同时他也注明了自己在阅读的过程中发现，很多朋友家里藏的经解抄本都有很多谬误。所以，也可从中看出，这套书的另一部分文献资料来自容若的其他朋友。这也间接说明，纳兰容若极有可能是这套书的总编。

　　其实，虽然出身贵族，纳兰容若的才学一点也不虚假。他和父亲明珠都极爱藏书，并且家里也有财力购置藏书。对于治学，容若有着严谨的态度和独立的思考能力。他重视研读前人的经典，但不盲从，认为"至宋诸儒，各自为传，或不取传统，专以经解经，或以传为案，以经为断，或以传有乖谬，则弃而信经，往往用意太过，不能得是非之公"。

　　尊重、质疑、创新、思索、探究……《通志堂经解》经由这样一位青年之手问世，一点也不奇怪。

　　《通志堂经解》又称《宋元经解》，是清代最早的阐释儒家经义的丛书，收录了先秦、唐、宋、元、明时期的经解共一百四十六种。其中纳兰容若自撰两种。这套书自康熙十二年（1673年）开始刊刻，至康熙十九年（1680年）主体部分才完工，后来又经历了校对和修正，直到康熙三十一年（1692年）才以全貌面世，共计一千八百六十卷。

　　这套书出版后，非常畅销。从内阁武英殿到厂肆书籍铺，一版再版，很多人都以拥有这样一套书为幸。甚至连后来的乾隆皇帝也高度评价这套书，认为"是书荟萃诸家，典瞻赅博，实足以表彰六经"。

诚心付出心力、精力、时间的东西，往往物有所值。

试想当时正好有这样一份工作摆在沮丧的纳兰容若面前，他一定是铆足了劲，想要其达到完美，甚至梦想其具备足够流芳百世的学术价值。如此也是一种人生补偿。

问人生、头白京国，算来何事消得。不如罨画清溪上，蓑笠扁舟一只。

人不识，且笑煮，鲈鱼趁著莼丝碧。无端酸鼻。向岐路消魂，征轮驿骑，断雁西风急。

英雄辈，事业东西南北。临风因甚成泣。酬知有愿频挥手，零雨凄其此日。休太息，须信道、诸公衮衮皆虚掷。年来踪迹。有多少雄心，几番恶梦，泪点霜华织。

——《摸鱼儿·送座主德清蔡先生》

就在纳兰容若经由徐乾学引导，才学精进，研读经解，著书立说，重新找回人生定位的时候，徐乾学却遭遇了仕途的变故。他与蔡启僔作为顺天府乡试的主考官，犯了一个极大的错误——遗漏了汉军旗考生的副卷而被治罪。

虽然徐乾学圣眷恩厚，很得康熙器重，但因为科举考试涉及国家根本，这个污点很快就被扒出来，并且呈送到了康熙的御案上。等考试结束，皇上给徐乾学和蔡启僔的惩处意见也下来了：降级外调，出京修炼。

贬黜之事，在文人的仕宦生涯中是家常便饭。他们饱读诗书，早就十分清楚，伴君如伴虎，保命比荣华重要。文人对待人生际遇中的挫折，接受起来总是有着他人无法理解的惆怅，同时也有着他人无法理解的干脆。

但纳兰容若却因为第一次郑重地经历离别而很感伤。此时已经是深秋，万物开始凋零，更为离别添了一层悲伤。他准备了丰盛的酒宴为两位老师送别，并且写诗填词，作为劝慰。

在这件事情上，蔡启僔的反应显得更为激烈一些，他直接选择了辞职回家。在《摸鱼儿·送座主德清蔡先生》这首词中，纳兰容若综合考虑到这一点，字里行间都在遗憾老师才华埋没，一辈子的精力都耗费在国家大事上，此时离去，远遁水乡，着一身蓑笠，驾一叶扁舟归隐，也许别有洞天，以此劝慰老师。然而这种意愿，有谁能说不是容若同样渴望拥有的？

令纳兰容若更感伤的是徐乾学的离开。从学术到私交，他都觉得自己即将送别的不只是一位老师，更是一位挚友。所以，一直将老师送到了码头，他还不肯止步。而徐乾学也对自己的学生依依不舍，尽心到离别之际还在给容若讲解作诗之道。

二人一路交谈，不知不觉走到大运河边的燃灯塔。而容若边走边按照老师拟定的韵脚，作组诗《秋日送徐建庵座主归江南》四首为老师送别。下引两首：

江枫千里送浮飔，玉佩朝天此暂辞。
黄菊承杯频自覆，青林系马试教骑。
朝端事业留他日，天下文章重往时。
闻道至尊还侧席，柏梁高宴待题诗。

惆怅离筵拂面飔，几人鸾禁有宏辞。
鱼因尺素殷勤剖，马为郭泥郑重骑。
定省暂应纡远望，行藏端不负清时。
春风好待鸣驺入，不用凄凉录别诗。

这组诗中，既有依依不舍，又有无限遗憾，更有惆怅凄凉，但是也有容若对老师才学和未来的信念。他认为自己的老师只是暂时离开，将来一定还会被重用。

当时徐乾学被遣送回江苏昆山，随行的还有他的儿子徐艺初。此时，徐艺初还没有功名，前途未卜，纳兰容若对这位少年亦是心怀复杂情绪，于是写下了《雨中花·送徐艺初归昆山》相赠：

天外孤帆云外树，看又是、春随人去。水驿灯昏，关城月落，不算凄凉处。

　　计程应惜天涯暮，打叠起、伤心无数。中坐波涛，眼前冷暖，多少人难语。

　　这首小令短小精悍，写了送别的依依不舍，也写了人生的凄凉，是督促这位少年将来励志，也是容若自己抒发对人生遭际的感叹。巧合的是，后来容若去世那年，徐艺初恰好高中进士，想必登科之时也会抚今追昔，想起他年旧词，感叹不已！而徐乾学后来并没有被康熙起用，他自己觉得起复无望，就于康熙十四年（1675年）通过捐官，重新回到了仕途上。

　　徐乾学对容若命运的影响，除了学术，还有交友。容若结交的汉人学士，很多都是通过老师徐乾学结识的。徐乾学是清初文化圈的领袖，很多大佬级别的人物都愿意到他的府上与他交流学术。这些人中有诗词大家，有书法名士，有丹青圣手，也有文笔清越的学者。容若就通过在徐乾学处鉴赏这些人的作品，或者偶遇大佬本人，结缘了很多名家，比如姜宸英、王翚。

　　人与人的交往需要眼缘，更需要灵魂契合，容若与姜宸英便是如此。在徐乾学处容若偶遇姜宸英的时候，后者已经四十六岁。但年龄不是交友的障碍，二人志趣相同，最终成了忘年交。

　　姜宸英书画两绝，很有学识，却在科举这条路上活成了范进和周进,从二十一岁开始参加科考,一直考到四十二岁,锲而不舍地考了二十多年也没有通过乡试。所以,容若参加顺天府乡试的这一年,姜宸英又来了,投奔在徐乾学门上。容若隔三岔五来听徐乾学讲书论史,直到天黑了才回家,于是就见到了寄居于此的姜宸英。

虽然在科举考试这件事情上,姜宸英屡战屡败,但生活中,他丝毫没觉得低人一等。他性格疏狂,保持着相当的自尊和骄傲,即便深知眼前的这位公子是明珠的嫡子,也不自惭形秽,没有未得功名的羞赧,反而高谈阔论,恣意诗酒。

容若做人非常有温情,他尊重姜宸英孤傲的性格,没有因为姜宸英有点故作深沉的言谈而疏远他,反而极为恭敬,认为他是前辈,虚心求教。为了表示对姜宸英的尊重,容若还发正式的邀请函,将其请到家里,热情款待,然后求教"甚忠敬"。

《孟子》说:"爱人者,人恒爱之,敬人者,人恒敬之。"容若的谦恭令姜宸英大为感动。一开始,姜宸英认为容若就是一个"退而学经读史,旁治诗歌古文词"的纨绔子弟,没想到此人虽然年轻,却品性高洁,待人热情,竟是富贵场中的清流。自此二人成为忘年知己。

而容若与画家王翚堪称神交。当时他偶尔在徐乾学的书斋看到了虞山画派的创始人王翚赠送老师的《仿古山水册》,极为仰慕。认为王翚的画如同"优钵昙花",堪称"千年一见",于是拜托老师徐乾学"遗书致币",向王翚发出最诚挚的邀请,想聘其为渌水亭的画师。

王翚是清初著名的画家,著名的《康熙南巡图》就是他的杰作。康熙七年(1668年),他与徐乾学相识于文人周亮工的府上。宴席间二人相谈甚欢,徐乾学作《秣陵诗》赠王翚。王翚绘制《秣陵秋色图卷》回赠,自此二人交心。

康熙十三年(1674年),王翚听说徐乾学遭遇朝廷罢黜,回到了昆山老家,就绘制了《仿古山水册》画册,亲自登门抚慰好友,这让徐乾学大为动容。人生高潮时的友情可能掺杂着水分,低潮时候的雪中送炭,却一定是百分之百的真心。王翚的这份心意,让二人成为知己。

徐乾学捐官回到京城,自然将这段情义向容若说起,并且出示《仿古山水册》让其观看。纳兰容若善于填词,在书画、金石等方面的造诣也非同凡响。《八旗通志》曾经这样评价他的书法:"容若工书,妙于拨锡法,临摹飞动。"所以对王翚的作品,他有相当的鉴赏水准。

王翚的画作吸收了元人笔墨的简洁清逸,又有宋代文人画的富丽典雅,兼具唐人画作中的气韵,画面极为古朴清隽。书画文字都是文人内在神韵的展示,因此容若认为王翚是大家,倾慕非常,为了能与之结交,锲而不舍,多次邀请。

遗憾的是,那时满汉两族的交往是有障碍的。王翚一开始对容若的性情并不了解，觉得彼此身份地位差别极大，多次推辞，直到康熙二十四年（1685年）春，才被容若的坚持和真情雅意打动，来赴这场知己之约。可叹的是，等他跋涉千里赶到京城，才发现纳兰容若已经于此年暮春亡故了。

王翚极为懊悔，恸哭不已，带着遗憾回了江南。他们的朋友们为这段情缘感叹，写下长诗记录了这段人间至情：

> 蓟北学士大才子，相国家声好文史。
> 筑台买骏招王君，王君赴命辞珂里。
> 骑骀拥卫度黄河，乍入昭华细语多。
> 争传学士已厌世，玉楼应召归锦窠。
> 王君骤闻心痛惜，再叩灵輀焚束帛。
> 掉头单骑出都门，高贵攀留绕朝策。
> 芦沟桥上月如霜，返斾情激动客肠。
> 不以豪华留瞬刻，死生谊重真难量。
> 王君王君果高义，亲知遥美诗章寄。
> 蓟北学士九泉知，也应一洒千秋泪。

千金易得，知音难觅，人生在世，能够被人懂、被人理解，是何其幸运！

所以二人即便不相逢也无憾，王翚无憾，纳兰容若亦无憾！

渌水亭畔

> 野色湖光两不分，碧云万顷变黄云。
> 分明一幅江村画，着个闲亭挂夕曛。
>
> ——《渌水亭》

目送徐乾学带着家人登舟远去，容若伫立河畔怅然许久。微雨凄凉，船来船往，最终那一面帆还是消失在烟波尽头。碧波潋滟，风景依旧。容若轻微叹息，无奈回到渌水亭，回归程式化的生活。

容若生前的居处，有两处被提到，一处是渌水亭，一处是桑榆墅。它们都是容若的精神原乡，风景秀丽，环境清幽。这些地方都广植树木，处处回廊屋舍，亭台楼阁广布，加上远山近水，园林格局宏大，很适宜涵养性情。

渌水亭位于玉泉山下。这里湖光山色，碧波万顷，承载着容若的孤独，也抚慰着他的失意。"君子有逸志，栖迟于一丘，仰荫高林茂，俯临渌水流。"（张华《赠挚仲治诗》）文人爱山水之灵性，他们借山水自然抒情言志，也借山水栖息灵魂。

徐乾学离开以后，文化圈子中心发生了转移，渌水亭成了文人交流的新生地带。容若一面休养，一面在此著书立说，亦和友人诗词唱和。他们在这里举办文学沙龙，把酒言欢，探讨艺术，并在这些交往中形成了自己的很多思考。容若将这些思考记录下来，写成了《渌水亭杂识》。

在其序言中，容若写道："癸丑病起，披读经史，偶有管见，书之别简，或良朋荏止，传述异闻，客去，辄录而藏焉。逾三四年，遂成卷。曰《渌水亭杂识》。"

这是容若的第一本散文集，收录了从康熙十二年（1673年）到康熙十五年（1676年）间，容若和朋友之间的故事，以及他在阅读写作中的一些思考，生活、周边发生的逸事，等等。文字涉猎历史、地理、天文、历算、佛学、音乐、文学、考证等很多学科，让后世见证了纳兰容若的学识之广博、爱好之广泛，也为后世研究纳兰容若留下了第一手资料。

容若一生与渌水亭相连。

康熙十二年（1673年）秋的一天晚上，容若独自行走在渌水亭畔。月色澄碧，秋风袭来，水波荡漾，升起涟漪，将水中的月亮揉碎成千万碎银。他被眼前的景色吸引，遗憾没有邀请上三五知己好友，对着清风明月，就着美酒佳肴，吟诗作赋。

朋友未邀，但美景不容错过，于是他写下《天仙子·渌水亭秋夜》，记录了当时的所思所感：

水浴凉蟾风入袂，鱼鳞蹙损金波碎。好天良夜酒盈尊，心自醉，愁难睡。西风月落城乌起。

此年明珠升任兵部尚书，公务极其繁忙。裁撤三藩，战事爆发，家国不太平，作为家中长子，容若很想为父亲分忧，但身体病弱，自己尚且难以周全。因此偏居渌水亭，他心中万般惆怅，不能释怀。

看尽月落乌啼，形单影只，过往经历在他内心此起彼伏，对表妹的思念、殿试的挫折……凄凉逐渐占据了内心，直到天际破晓，他还毫无睡意。这是纳兰容若无数个失眠夜中的一个。他爱博心劳，想得太多、太细、太远、太深，也太周全，最终为自己所累，也最终在自我的情感圈禁中耗尽了生命。

等到红日东升，容若颓废的心情才稍稍好转。渌水亭又将高朋满座，他不再寂寞。友人们会送来信件，会来这里聚会交游，或谈诗作赋，或酬唱谈天。忙碌，喧闹，他便再没时间去咀嚼悲伤了。

在这些人中，有两位容若极为亲近之人，一位是张纯修，一位是曹寅。这两人都出身包衣，身份地位并不高贵，但与容若交往极为亲厚,甚至结为异姓兄弟。

张纯修略长于容若,出身正白旗包衣。此人与容若交往,并非为了巴结,而是志趣相投。生活中的张纯修是个非常细致的人。他把容若写给他的每一封信,甚至是一张小纸条都完好无损地保存了下来。这些信件还原了他们曾经的生活。

其中一封信中,容若写道:

"……又承吾哥不以贵游相待,而以朋友待之,真不啻饱以德也。谢谢!此真知我者也。当图一知己之报于吾哥之前,然不得以寻常酬答目之。一人知己,可以无恨,余与张子,有同心矣。"

从中可以看出,张纯修极为敬重容若的人品,理解容若的内心,仰慕他的品行,也看得到他的孤独处。他从不把容若当作权贵之子,而是当成铁哥们儿,做容若可以随时打扰、吐槽、放心依靠的大哥哥。因此他们诗酒宴游、书信往来都非常频繁。

关于二人的结交,据后人考证应是源于曹寅。曹寅与容若认识非常早,而曹寅与张纯修同属正白旗下,父辈应该有往来。张纯修的父亲张自德是顺治四年(1647年)的贡士,非常儒雅。耳濡目染,性情上张纯修应该也是曹寅、容若一类的人物,认识后自然能够成为挚友。

其实交往多年的朋友,之所以能够走到生命最后都不散,既要三观一致,能相互包容,还要志趣相投,品位也要极为相似。

这让他们彼此不缺话题，能够不断有新的东西注入交往中。张纯修非常喜欢藏书，善画山水，会刻印章，对书法也有自己的独到见解，家中亦有很多画作收藏，这都是与容若交往的媒介。

容若不止一次去过张纯修的居所。他曾经写过一首词《菩萨蛮·过张见阳山居，赋赠》：

车尘马迹纷如织，羡君筑处真幽僻。柿叶一林红，萧萧四面风。

功名应看镜，明月秋河影。安得此山间，与君高卧闲。

词中描绘的张纯修居处，类似隐士居所，幽静偏僻，四面空旷。房前有很多柿子树，每到秋天柿子红了，蓝天红树之景极为壮美。这种生活的态度，内心的境界，都是容若向往的，他倾慕不已。内心的心悦诚服让容若和张纯修的友谊持续了一生。

容若也曾经梦想寻找如张纯修一样的幽静处，静度流年。可叹的是，世间事从来没有十分的称心如意，逃不开自己的人生，只能顺其自然。

容若的另一位异姓兄弟是曹寅。

曹寅就是曹雪芹的爷爷，诗词歌赋、琴棋书画无一不通，著有《楝亭诗钞》《楝亭词钞》，还主持编纂过《全唐诗》。他比容若小四岁，曾经与容若一起参加考试，但是落第了。曹寅亦是全才，当年参加科举的时候只有十五岁，按理说三年后再考，中举的可能性极大。但之后他没有再走科举仕途，而是直接走关系入职，成了康熙皇帝的御前侍卫。

这与容若的人生有很大不同。即便父亲明珠身居高位，容若也没有走捷径，而是等了三年从头来过。一是他有这样的实力，二是他有这样的自尊，三是明珠有这样的谋划。这是一种远见，也是一种选择，更是一种命运。

曹寅和容若曾经一起做过八年侍卫，上班的时候一起，下班了还在一起，处处相互依靠，肝胆相照。后来曹寅父亲去世，曹寅不得不前往江南，接任江宁织造，这份情谊也没有断。

曹寅的父亲曾经在江南购买房产，种下楝树，激励后辈。父亲去世后，曹寅便建造楝亭表示纪念。楝亭后来成了江南的"渌水亭"，聚集了很多文学名士。有人绘制了《楝亭图卷》呈送曹寅。曹寅携此图前往北京，请容若及顾贞观等文学名士为《楝亭图卷》题咏。容若写下了《满江红·为曹子清题其先人所构楝亭，亭在金陵署中》：

籍甚平阳，羡奕叶、流传芳誉。君不见、山龙补衮，昔时兰署。饮罢石头城下水，移来燕子矶边树。倩一茎、黄楝作三槐，趋庭处。

延夕月，承晨露。看手泽，深余慕。更凤毛才思，登高能赋。入梦凭将图绘写，留题合遣纱笼护。正绿阴、青子盼乌衣，来非暮。

词中，容若赞颂曹寅必将大有作为。

容若去世十年后，曹寅与张纯修相会于江南，想起曾经的情分，伤心不已。二人用容若曾经的韵脚，同在此图上重新题咏，与容若的这首题咏组成三人唱和，用这样的形式完成了老友重聚。

而那句"家家争唱饮水词，纳兰心事几曾知"就出自曹寅的这首题咏。

谁都有心事，但心事能够被人看出来，不是每个人都有这样的机缘。

曹寅懂了，是容若的幸运。

残雪凝辉冷画屏，落梅横笛已三更，更无人处月胧明。
我是人间惆怅客，知君何事泪纵横，断肠声里忆平生。

——《浣溪沙》

雪冷，画屏冷，月光冷，纳兰的心也冷。但这种冷不是冷情，而是冷静。他惆怅，流泪，追忆，这种悲情，不全是因为经历，也不全是因为情殇，而是天性中自带灵性识别，对万事万物都有超前的理解，对人世间爱情离愁都有最为敏锐的共情。

所以只要是与纳兰容若的结交，他都会对其倾注无限的热情。

渌水亭里的朋友圈，最大的特色是满汉一家亲。满汉文化，在这里没有隔阂。来往之人，纯粹是文人会文人，用作品说话，用学识涵养相互靠近，用诗酒恣意与时光相约。这种基调与容若的个人魅力有关，也与当时的时代大背景有关。

清军入关以后，也曾有过满汉对立，但是随着统治的加强，统治者意识到，对人口众多的汉民族一味使用暴力，无法适应时代发展。所以到了康熙朝，一些政策性的东西都有了极大的调整。康熙八年（1679年），康熙带领诸王百官举行拜孔大典，行两跪六叩之礼，高姿态昭告天下，开始推崇儒学，并颁布了政策性的《圣谕十六条》，促进满汉交流。

汉民族的文人，大都有求取功名之心。他们读书的目的，就是将一生所学卖于帝王家。政府高姿态接纳他们，自然吸引了一批江南儒士来到京城，求取机遇。

这些人中，有一个名叫朱彝尊的很令容若仰慕。

朱彝尊是康熙年间著名的文学大家。此人博览群书，致力于金石文史研究，善书法，工诗词，并且词风绮丽，备受时代追捧。但是自古名士多贫寒，朱彝尊也不例外。因为家贫，朱彝尊连媳妇也娶不起。顺治二年（1645年），他只好入赘浙江归安县儒学教谕冯镇鼎家,做了上门女婿。

　　冯家有两个女儿,大女儿冯福贞年方十五岁,嫁于朱彝尊。小女儿冯寿常,字静志,年方十岁,还是小姑娘。冯寿常喜欢跟着姐夫练习书法,没想到日久生情,竟然让朱彝尊动了真情。

　　姐夫与小姨子的不伦之恋,自然不被看好。但朱彝尊完全不惧世人眼光,依然与妻妹交往,并且二人在日复一日的沟通中逐渐成为知己。有点遗憾的是朱彝尊太穷了,无钱无势,娶不起心爱的姑娘,加上岳父家里人看得紧,他只能和妻妹成为精神恋人。后来,冯寿常年岁渐长,还是在家里的主持下嫁给了别人。悲剧的是因为所嫁非自己所愿,她最后抑郁而死。

　　朱彝尊极为伤心,因爱而不得,形销骨立。他我行我素,思念着这位小妹,并通过诗词恣意表达着对爱人的眷恋,含悲写下《桂殿秋》:

　　　　思往事,渡江干,青蛾低映越山看。共眠一舸听秋雨,小簟轻衾各自寒。

　　这首词中承载的情感,发自肺腑,一经发表,反响强烈。然而朱彝尊还觉得不够,又用一本书的长度为这段爱情致祭,写成了《静志居琴趣》。静志就是冯寿常的小字。这些绮丽哀伤的词,曾经让纳兰容若非常痴迷。他对朱彝尊作品背后的情事感同身受，认为真名士自有风流，将之视为知己。

康熙十一年（1672年），因为爱人亡故，历经沧桑的朱彝尊携历年词作合集《江湖载酒集》来到了京城，随后成了畅销书作者。这本书中的《解佩令》一词，更是成了人们膜拜的作品，家喻户晓，让半个京城的文人墨客争相模仿，自然也让容若极为叹服。

康熙十二年（1673年），正在编写《通志堂经解》的容若，想到朱彝尊正在京城，动了结交之心。此时容若的人脉极广，联系偶像不再遥不可及。于是他写了一封情义恳切的信，让朋友代为传送，终于等来了朱彝尊。

此时的朱彝尊早已经看透世事，对容若的邀约极为慢热，到了康熙十三年（1674年）正月才来到了渌水亭。

朱彝尊在《祭纳兰侍卫文》中，这样描写二人的初会：

改岁月正，积雪初霁。纠履布衣，访君于第。君时欢剧，款以酒剂。命我题扇，炙砚而睇。是时多暇，暇辄填词。

布衣与贵族交往，跨阶层的地位不对等会让人有心理障碍，亘古未变。纳兰容若深知这一点，为避免尴尬，他准备了美酒相待，话题以谈论诗词文化为主，让朱彝尊尽展所学，将双方的心理落差减到最小。容若没有一点轻慢之举，甚至亲自为偶像研墨，让其为自己题写扇面。

两位清初的诗词大家，就这样赏雪饮酒，填词作画，在愉悦中完成了情感的交流。朱彝尊听说过容若的一些传闻，却从来没想到容若如同古代的孟尝君，能将自己的身段放得如此低，深为感动。自此，二人成为密友。

除此之外，容若与严绳孙的交往也在二十岁前后。严绳孙与朱彝尊、姜宸英并称"江南三布衣"。三人都与容若交好，且都是忘年交，但性格大为不同。

姜宸英一心想要考取功名，性格火暴，行为张狂。虽与容若交好，但到了明珠府上，却不会做人。当时明珠有一个心腹跟班名叫安三，连容若都要谦让几分，姜宸英却对其极为傲慢。安三是个小人，凡事记仇。容若看在眼中，便私下里好心提醒，没想到姜宸英根本没懂这番苦心，反而大怒，要与容若绝交。容若十分难过，好言宽慰才让姜宸英的火气消除。

人与人之间的交流，是智商和情商的双重考验。渌水亭畔的文化圈，只局限在学问上是不可能的。在沟通交往中，如果不能换位思考，只固守自己的偏执，是无法与他人成为无话不谈的知己的。所以纳兰容若对姜宸英更多的是包容和怜惜。

朱彝尊与容若交往的时候，早已经被生活磨去了锐气。他一脸的无奈和沧桑，极为佛系，性情自然不怎么热络。因此容若主动靠近他的时候多。加之朱彝尊的学识非一般人能比，是个跨学科的学霸,诗词歌赋、琴棋书画无一不通。这是一般人达不到的高度,才学上与容若亦师亦友居多。

但严绳孙与他们完全不同。他生于明朝天启年间,长容若三十二岁,容若与之交流却没有一点代沟。严绳孙的才学极好,曾经与顾贞观、秦松龄等人创建云门社。他工于诗词,精通书法,擅长山水画,兼画人物、花鸟、楼阁,尤精于画凤,享誉当时。难能可贵的是,此人对科举不热衷,不想出仕清廷,厌倦名利场的尔虞我诈,品性高洁,清远淡泊,内心安于田园生活。这让其在人际关系的处理上一点也不偏执,能换位思考。

容若对姜宸英更多的是牺牲与成全,对朱彝尊更多的是尊重和矜持,而严绳孙更契合容若对朋友的期待,因此在个人交往中容若也就与他走得更近。

当时严绳孙经济上不宽裕,容若多次周济他。后来,容若直接邀请严绳孙到府上居住,并且一住就是两年。

严绳孙曾作《移寓成容若进士斋中作》一诗:

两年风雨客金台,宛转浮生浊酒杯。
画角晓听浑已惯,玉河秋别却重来。
朱门月色寻常好,青镜霜华日夜催。
但得新知倾盖意,不妨双屐卧莓苔。

入府之后，二人朝夕相处。容若不拿严绳孙当外人，严绳孙亦宾至如归。闲暇时候，他们或谈论诗文，或闲说天下大事，相互信任，毫不保留，说了很多不能对外人说的体己话，也度过了很多无比快乐的时光。

后来严绳孙离开，纳兰容若写过一首《金人捧露盘·净业寺观莲，有怀荪友》：

藕风轻，莲露冷，断虹收，正红窗、初上帘钩。田田翠盖，趁斜阳、鱼浪香浮。此时画阁垂杨岸，睡起梳头。

旧游踪，招提路，重到处，满离忧。想芙蓉、湖上悠悠。红衣狼藉。卧看桃叶送兰舟。午风吹断江南梦，梦里菱讴。

这首词中，容若写到自己非常怀念和严绳孙夏日同游净业寺赏莲的时光。他由眼前的藕塘，想到江南的荷花别样红，思绪飘得很远。

怀念都是承载着共同的经历。思想和灵魂契合而营造的和谐气氛，最为美好难忘。旧地重游，荷塘中的清风冷露，夕阳下的藕池红莲，都是年年岁岁相似。不同的是旧时风景虽在，故人已不复再见。今昔对比，更为惊心，于是当年事也被无限放大了。

据《啸亭杂录》记载："成亲王府在净业湖北岸，系明珠宅。"可知净业寺应该就在容若家附近。所以二人一起去净业寺游玩，可能不止一次，在这里留下的交流和思想碰撞也火花无数。这份惦念也就更加沉重了。

除了"江南三布衣"，容若还通过这些朋友的推荐，与更多人成为圈中好友，比如秦松龄等人。这些人都是清初的文坛大佬，他们集体构成了纳兰容若朋友圈的群像——高知、博学、儒雅。这让容若的精神世界，在潜移默化中上升到了一个新的层次。

· 第二章 ·

奈何情深画不成

幸遇佳偶

朝市竞初日,幽栖闲夕阳。登楼一纵目,远近青茫茫。
众鸟归已尽,烟中下牛羊。不知何年寺,钟梵相低昂。
无月见村火,有时闻天香。一花露中坠,始觉单衣裳。
置酒当前檐,酒若清露凉。百忧兹暂豁,与子各尽觞。
丝竹在东山,怀哉讵能忘。

——《桑榆墅同梁汾夜望》

除了渌水亭,纳兰容若的另一处居所是桑榆墅。这里是容若和妻子卢氏婚后的居所,记录了他生命中很多美好的时光。据考证,桑榆墅位于西直门外的双榆村,曾经被称作西园,后来改称西郊别墅。这里距离当年康熙皇帝听政的玉泉山畅春园很近。可见明珠建造桑榆墅,亦有其政治意义。

在容若笔下,这里是最好的隐逸之所。他悼念妻子和赠送友人的诗词中,多次提到这里的环境。这其中有一首送别顾贞观时候的作品《桑榆墅同梁汾夜望》，全景式地呈现了桑榆墅的周边。

诗中写这座别墅远离城市的喧嚣，地处鸟鸣山幽的乡村。登高远望，孤云悠悠，村落炊烟袅袅，晨钟暮鼓，响彻旷野，极为幽静；别墅内，亭台楼阁，轩榭游廊，层层叠叠，富丽又不失简约，人工穿凿又力求与自然和谐，简直就是世外桃源。

在这里，纳兰容若遇见了另一位至爱，产生了第二段刻骨铭心的感情。

康熙十三年（1674年），纳兰容若和两广总督卢兴祖之女喜结连理。此年，大清国运飘摇，悲喜同至。耿精忠响应吴三桂叛乱，赫舍里皇后诞下皇太子，却撒手人寰。国难当头，明珠极为忙碌，容若至孝，便遵从父母之命、媒妁之约，像那个时代大部分人一样，完成了人生中最大的仪式——娶妻。

据《皇清纳腊室卢氏墓志铭》记载，卢氏年方十八，美丽大方，"生而婉娈，性本端庄，贞气天情，恭容礼典"，是个名副其实的大家闺秀。她的父亲卢兴祖出身镶白旗，做过两广总督，官至兵部右侍郎、都察院右副都御史。父亲离世后，她便和寡母一起定居北京。

在女性社会地位低微的时代，没有男性支撑的家庭，生活起来并不容易。《红楼梦》里的"金兰契"一节，有这样一个桥段：薛宝钗与林黛玉推心置腹谈起往事，说自己也一度淘气，喜欢看闲书。但自从父亲亡故，她就懂事了，专注女红，为母亲分忧。大起大落的人生经历往往让人迅速成长，变故让宝钗体他人之需，做事周到，做人低调。而卢氏性情和宝钗有些相似，估计也与父亲早亡有很大关系。

卢氏体验过孤独，经历过沧桑，被磨平了尖锐，自然懂得"理解"在人性中的意义。加之她天性温情，出现在大众面前就更为知性。如今能够嫁给纳兰容若这样举世无双的才子，她觉得幸运，便也拿出十二分的爱意给自己的丈夫。

纳兰容若曾经用一首《浣溪沙》写卢氏之美。

> 十八年来堕世间，吹花嚼蕊弄冰弦。多情情寄阿谁边。
> 紫玉钗斜灯影背，红绵粉冷枕函偏。相看好处却无言。

在纳兰容若的笔下，卢氏宛若流落人间的仙子。她天性聪慧，善弹琵琶，每次弦动冰轮，冰清玉洁的神韵很让人心动。她妆容淡雅，玉钗斜插，越发赏心悦目，婉约倩丽。这种美，从朦胧的灯影里看过去，不但气质脱俗，而且风华绝代。

一开始，容若并没有真正爱上这个温润的女子。他心中期许的爱人一直是表妹，无可替代，也不容许替代。他对卢氏极为客气，行夫妻之道，除此之外，不接近，不厌恶，亦没有多少眷顾。

其实，在卢氏来到容若的世界之前，按照大家族的规矩，容若已经有了一位小妾颜氏。但这份对女性的接纳，以内心自有天地为基础。在那里，容若小心呵护着他的爱，他的遗憾。他耿耿于这份失落，不纾解也不黯淡，以致他对身畔的女性，点到为止，未付出半分真情。然而他不知道的是，这世上的感情里还有一种挚爱，来自日久生情，来自细雨微风的浸润，不离不弃的坚守。它扎根生活，从柴米油盐中生出来，如同夏日里在潮湿处慢慢生长的藤蔓，最后也能攻城略地，占领一个人的心。

大婚之日忙碌慌乱，结束以后容若却黯然神伤。为情所困，每次无法纾解的时候，他会将自己的心情写成一阕一阕的词。他写对表妹的思念，写对爱情的渴望，写自己因为健康问题而丢失的科场功名，也写生于大富之家，每日身处喧嚣，无比疲惫。高兴了，他将这些诗词认真地写下来；不高兴了，他就随意发泄，写好了再揉成一团废纸，丢弃。

以前身边人会把这些废纸倒掉，但是自从卢氏来到家中，一切都变了。她将容若揉成团的那些字纸展开，抚平，装订成册，整齐地放在书桌一角，让这些文字有了着落。她还默默收拾好丈夫书房里凌乱的东西，放一瓶自己亲手插的花。做完这一切，她便退出来，不喧嚣，不打扰，也不问结果。

卢氏悄然做了纳兰词的第一个读者。这些词写得很是伤情。比如《减字木兰花》：

> 花丛冷眼，自惜寻春来绞晚。知道今生，知道今生那见卿。
> 天然绝代，不信相思浑不解。若解相思，定与韩凭共一枝。

从这些诗词中，卢氏看到了丈夫隐藏在世俗背面的真实。那个钟情未果的少年，在自己的遗憾里孤独苦闷。他恨自己没有像韩凭那样和自己青梅竹马的恋人一起抗争命运，一起化为相思树。他很清楚自己和表妹不能重新聚首，却深陷在遗憾的泥潭里，拔不出，也断不了。

卢氏对丈夫的悲伤感同身受，她理解这种遗憾，甚至羡慕丈夫心底的那个女子。在那样的时代，能被一个男人如此钟情，她感到自己很是幸运。她深深地爱上了自己的丈夫，也理解丈夫对初恋的感情。她将自己的无限温情给了这个失意的男人，惋惜他失去的初恋，体谅他内心的苦楚，提醒他穿衣，嘱托他注意休息，日复一日，无微不至。

有时，她会在傍晚的时光中念容若写下的句子给鹦鹉听，在一片痴情哀伤中排遣寂寞。

> 落花如梦凄迷，麝烟微，又是夕阳潜下小楼西。
> 愁无限，消瘦尽，有谁知？闲教玉笼鹦鹉念郎诗。
> ——《相见欢》

她内心的愁一点不比丈夫少。她幻想着丈夫与过去和解,和她重新开始。她一句一柔情,反反复复地念着那些哀伤的词句,倾注了全部的爱,浑然不觉夕阳落山,倦鸟归林。

其实卢氏不知道,容若就在不远处。一开始他对妻子的行为没有多大反应,但是每日看到书桌上的插花,看到那些被妻子展平的字纸,潜移默化中,他的心绪被抚平了。他静静地站在林荫深处,看妻子教鹦鹉读诗,内心第一次泛起了暖意——原来妻子也是性情中人。

人的一生中最大的错误不是爱而不得,而是情痴抱恨,分不清谁是真正爱你的人。把执念当成爱,以至于忽略掉身边的至情,等到失去才知道,原来有份真诚一直陪伴身旁,只是被你忽略了。容若开始反思自己,他发现卢氏聪慧温情,善解人意,是个性灵的女子,自此心生无限爱意。

人就是这样,动了感情就会觉得对方做的一切都能抚慰心灵。有一天早晨,下着微雨,卢氏撑着油纸伞,浅笑婷婷,慢慢走来。那眼波流动的样子,如同清水芙蓉,干净而脱俗,容若不由看得痴了。

卢氏走过曲折的回廊来到容若书斋。容若发现妻子衣衫单薄,十分心疼,生怕妻子在雨中受寒着凉。此时天气虽然转暖,但依然春寒料峭。因为爱意浓厚,他情不自禁地抱起卢氏,扯下布幔将其包裹,把她放在书房中精美的褥垫上,与她相拥温存。

后来卢氏亡故，有一天容若独立微雨中，想起这一幕，万千心酸涌上心头，填了一首《浣溪沙》：

旋拂轻容写洛神，须知浅笑是深颦。十分天与可怜春。
掩抑薄寒施软障，抱持纤影藉芳茵。未能无意下香尘。

他觉得卢氏和曹植梦中的洛神毫无差别，于是又拿起画笔，将妻子印在自己心上的样子画了下来。睹画思人，他一度觉得画中的卢氏也感受到了这份呵护和怜惜，竟幻想着妻子从画上走下来，与自己团聚。

痴心若此，真正可叹！

点滴芭蕉心欲碎，声声催忆当初。欲眠还展旧时书。鸳鸯小字，犹记手生疏。
倦眼乍低缃帙乱，重看一半模糊。幽窗冷雨一灯孤。料应情尽，还道有情无？

——《临江仙》

卢氏就这样活在纳兰容若的诗词里。

这首后来广为流传的《临江仙》，写从卢氏被接纳的那一刻开始，二人便举案齐眉，相互理解，让无限甜蜜填满了生活。闲暇的时候，容若会教卢氏写字。一开始，卢氏写得极为生疏，但是容若耐心地握着妻子的手，和她一起写。

卢氏是青春儿女，端庄却不呆板。她最大的优点就是温婉动人，不经意间给容若带来很多小小的惊喜。那些"鸳鸯小字"，清秀隽永，很是惹人怜爱。后来，卢氏越写越好，最后竟然连情书也会写了。

被男人宠的女人，往往自带天真。卢氏深知自己的丈夫博览群书，记忆力超群，因为编著《通志堂经解》非常累，于是她巧出心思，也学李清照与丈夫"赌茶"。每次容若看书略带疲倦的时候，她便带着茶炉不期而至，边煮茶，边调侃，喝茶可以，但要以"赌书"为规则。

等茶煮好，她不急于奉上，而是俏皮地随手拿起容若的书来，翻到之前看过的部分，临场出题，考验丈夫。有时候容若答错了，她便自己端着茶，佯装不给，于是二人嬉闹一番，常常因此泼了茶汤，却也丰润了时光。

这是一个男人和一个女人闺中独处，情感极为激荡的时光。因为有这小小的情趣，容若枯燥的文献整理工作，似乎也不再漫长了。

而卢氏深得容若之心，还有一个重要的原因，就是夫妻独处的时候，她会让丈夫卸下那些程式化的繁文缛节，回归到人的自由天性上。容若曾经在《蝶恋花·夏夜》里写出他们夫妻在众人

休息后一起出来赏月的情景:

露下庭柯蝉响歇,纱碧如烟,烟里玲珑月。并著香肩无可说,樱桃暗吐丁香结。
笑卷轻衫鱼子缬,试扑流萤,惊起双栖蝶。瘦断玉腰沾粉叶,人生那不相思绝?

当时正值夏日,暑气极重,夫妻二人白天精神倦怠,夜晚无法入眠。好不容易,夜深人静,热气退下去,鸣蝉绝响,二人便手挽手走出卧房,并肩坐在游廊的通风处,一起看月亮。碧纱窗上月色朦胧,远处树木森森,虫鸣声在幽静中高低起伏。卢氏被容若环抱,斜倚在丈夫身上,手里卷弄着轻薄衣衫。

夜风来了,舒爽清醒,二人相偎相依,时光不语,岁月静好。这时候,一只只美丽的萤火虫飞过来,打破了平静。卢氏笑着拉起容若,一起去捉它们。结果萤火虫没扑到,倒是惊飞了一双蝴蝶。他们停止追逐,不敢笑出声,等从草丛中走出来,才发现已经月挂中天了。

相互理解的夫妻在一起,有趣的事情实在太多。容若还曾在《杂忆》中写下这样的句子:

春葱背痒不禁爬，十指掺掺剥嫩芽。
忆得染将红爪甲，夜深偷捣凤仙花。

有时候，卢氏用如同春葱一样的玉指，替容若挠背。容若有时候也会陪卢氏淘气，比如半夜陪妻子摘凤仙花的花瓣，手工制作染指甲的材料。他们还曾经一起如孩童一样捉迷藏，嬉戏玩闹，有时甚至耽误了出去会朋友。

后来，容若效仿古人，专门建造了一座"曲房"，既金屋藏娇，又不耽误和自己的文友纵情诗酒。有人认为曲房是纳兰容若与知己沈宛的居处，但根据顾贞观《弹指词》中"千金一刻三春夜，轻眼水流花谢"的说法，似乎更符合卢氏。容若与卢氏恰恰是恩爱了三年，后来二人却如苦命鸳鸯一样，在同一天死去（不同年）。

曲房依水而建，是古代园林建筑中常有的房屋样式。唐代岑参在《敦煌太守后庭歌》中有"城头月出星满天，曲房置酒张锦筵"的诗句。冒襄在《影梅庵忆语》中写过"使冷韵幽香，恒霏微于曲房斗室"。刘光第在《美酒行》中也有"美酒乐高会，广筵开曲房"的妙语。从这些记录中可以看出，曲房的作用是为了非正式会客。所以在曲房的周边地带，应该有小厨房、杂物间等配置，连着内帏和外堂。

而纳兰容若的风雅处在于，他将曲房和自己的香艳情事联系在了一起，用鸳鸯的意象来承载自己的精神需求，无形中他的友情和爱情得到了平衡。曲房有一后一前两个区域：后面是容若与妻子的居处，也是二人的私密空间；前面是他和友人相聚的厅堂，宽大，通透。前后成对，好比鸳鸯，所以容若将这里取名"鸳鸯社"，并请好友严绳孙题写了匾额。

若有聚会，卢氏便带着家中的仆从在此置办酒宴，为丈夫打点好一切。没有聚会，夫妻俩就一起在这个天地里读书，共度闲暇时光。只是容若没想到，人生无常，当日欢好转头空，鸳鸯亦是分离。

顾贞观在词集《弹指词》中这样记述曲房：

千金一刻三春夜，转眼水流花谢。已觉都成梦话，只是伤心也。分明有恨如何写？判得今生暂舍。还拟他生重借，领袖鸳鸯社。

可见卢氏等同专宠。

不过，容若是细致的，很快察觉自己的行为未免造成对颜氏的忽略。大家族中，妻妾争宠是常态。但卢氏实在是太温柔，太善解人意了，容若已经没有办法再将自己的心分给小妾。所以他极为抱歉，后来写了《剪梧桐·自度曲》赠送颜氏：

新睡觉，正漏尽，乌啼欲晓。任百种思量，都来拥枕，薄衾颠倒。土木形骸，分甘抛掷，只平白、占伊怀抱。听萧萧，一剪梧桐，此日秋声重到。

　　若不是，忧能伤人，甚青镜，朱颜易老。忆少日清狂，花间马上，软风斜照。端的而今，误因疏起，却懊恼、赚人年少。料应他，此际闲眠，一样积愁难扫。

有人说，这首词是卢氏去世后容若的反思。词中写到，睡梦初醒，天将欲晓，他躺在床上，听着窗外乌鸦啼叫，追忆往事，五味杂陈。女子的柔情都很动人，但是动人和动情还是差了一个档次。他当下所爱的是卢氏。他对她用情很深，很专一，但这对其他女子来说，却是一种残酷。他暗暗责备自己，"占伊怀抱"，误尽了她们的青春，却又遗憾只能如此。

其实，容若的小妾颜氏自知没资格争风吃醋，倒也安静。她为纳兰生下了第一个男孩，取名富格，从此终身有靠，渐渐心平。后来颜氏高寿，儿子又有出息，为她挣得了"一品夫人"的封赠，成了纳兰家族中的老太君，享尽其他女性没有的福禄寿。

在颜氏为容若生了儿子后，卢氏也怀孕了，于康熙十四年（1675年）生下一女。这是容若与卢氏的爱情结晶。容若快乐欣喜，甚至幻想着跟卢氏生更多孩子，承担起一个丈夫应有的责任。

金榜题名

平原草枯矣，重阳后、黄叶树骚骚。记玉勒青丝，落花时节，曾逢拾翠，忽听吹箫。今来是、烧痕残碧尽，霜影乱红凋。秋水映空，寒烟如织，皂雕飞处，天惨云高。

人生须行乐，君知否？容易两鬓萧萧。自与东君作别，划地无聊。算功名何许，此身博得，短衣射虎，沽酒西郊。便向夕阳影里，倚马挥毫。

——《风流子·秋郊即事》

从康熙十三年（1674年）容若与卢氏结婚，到康熙十六年（1677年）卢氏去世，容若度过了人生中最为快乐的三年时光。

从仕途上看，容若的这一段时光晦暗不明，但在文学史上却熠熠生辉。不但他与卢氏的爱情成了千古绝唱，他更是赢得了"清代第一词人"的地位。

家庭幸福了，运气也会随之改变。不管是人际交往还是事业，似乎都会随之有一个质的飞跃。这三年间，容若高中进士，与当时大部分文学界大佬都建立了非同一般的友谊。这让他得以始终沐浴在学术氛围中，作品干净纯粹。加之当时皇帝对他的任命书没下来，无公务缠身使他有足够的时间来专注诗词，专注学问，亦出版了很多有独特见解的学术专著和文学作品。

此段时间，好友张纯修一直待在京城，二人交往甚密。容若曾经写过一首《风流子·秋郊即事》，谈到他们一起到西郊打猎的事。此时已经过了九九重阳节，草木凋零，疾风劲草，二人便相约跨马出游。

"秋狝"是自春秋以来贵族的传统。满人重视骑射，自然也重视打猎。《清太祖实录》中有记载："先是我国凡出兵校猎，不计人之多寡，各随族党屯寨，而行猎时每人各取一矢，凡十人设长一领之，各分队伍，毋敢紊乱者。"到了康熙二十年（1681年），更是定下了"木兰秋狝"的惯例。

如今和友人踏马郊外，驰骋在荒原上，耳边风声猎猎，那种苍穹飞雕、英姿勃发的豪情充溢了容若胸臆。秋水映长空，草木广袤，天地苍茫，他畅快无比，又怅惘无比。虽然正值青春年少，他却少年老成，心中有一种年华将逝之叹。于是他暗暗勉励自己，人生在世，韶华易逝，还是要快乐。

然而，想让一个骨子里有忧郁气质的人从内心真正快乐起来，是很难的。因为他对这个世界的理解是超越常人的，在一个更高的认知维度，也在一个更高的共情维度，他一直做的都是向下兼容。所以他本质上无须理解，需要的只是陪伴与倾听，或者说是等你内心在某个时刻与之共鸣。

这种内心的丰富往往能让他看到常人不易觉知的一面，所以容若看问题总能由小及大。很多被大家忽略的事物，在他的思考中都成故事，拎出来就能让人看到一种"如履薄冰"的忧虑。

康熙十四年（1675年），容若写过一首《眼儿媚·咏红姑娘》：

骚屑西风弄晚寒，翠袖倚阑干。霞绡裹处，樱唇微绽，靺鞨红般。

故宫事往凭谁问，无恙是朱颜。玉墀争采，玉钗争插，至正年间。

在这首词中，容若以元代棕榈殿前的植物红姑娘为切入点，展开联想。宫苑断壁，红姑娘在秋风中孤独摇曳，历史长河中棕榈殿里裙钗环佩的宫女采集红姑娘插戴发髻之时，却是无比喧嚣。如今两两对比，物是人非，不免生出王朝兴替的感叹和人生湮灭的悲凉。

这样的诗词，在容若的作品中，还有很多。这可能就是容若能够与"江南三布衣"交往密切的原因之一。他内心储藏着丰富的生命体验，细腻纤巧而又浓烈周到。这让他有包容别人性格差异的能力，能关注到每个人细节中的不同点，也最终获得了他们的倾心相交。

容若的交际一直在不断地扩大。

比如，在严绳孙的推荐下，他结识了当时的文坛名士秦松龄。秦松龄是词人，文学修养极高。康熙十四年（1675年）秦松龄授内翰林国史院检讨，便与另一位文坛巨匠、国子监的叶方蔼一起来拜访容若。叶方蔼是清代著名学者，历任翰林院的编修、侍讲，与容若亦曾惺惺相惜。

容若的朋友多，离别也多，所以他曾经叹息"经年别离间"，此言不虚。

康熙十四年（1675年）末，在容若府上住了两年的严绳孙厌倦了北漂的生活，回江南去了。严绳孙一直向往田园归隐，引容若为知己才在京城逗留。但是，江南才是他的家，他终究是要回去。这番辞别来得突然，让容若极为难过。平日里二人谈诗论画，极为快意，如同家人，如今严绳孙要走，容若很是不舍。

为此，容若写下了《送荪友》：

人生何如不相识，君老江南我燕北。

何如相逢不相合，更无别恨横胸臆。
留君不住我心苦，横门骊歌泪如雨。
君行四月草萋萋，柳花桃花半委泥。
江流浩淼江月堕，此时君亦应思我。
我今落拓何所止，一事无成已如此。
平生纵有英雄血，无由一溅荆江水。
荆江日落阵云低，横戈跃马今何时。
忽忆去年风雨夜，与君展卷论王霸。
君今偃仰九龙间，吾欲从兹事耕稼。
芙蓉湖上芙蓉花，秋风未落如朝霞。
君如载酒须尽醉，醉来不复思天涯。

  这首诗极为恳切地道尽了容若和严绳孙的忘年之情。容若是希望严绳孙常住的，但挽留无果，只好无奈地接受必然的分离。严绳孙迟早要走，回到他江南水乡的田园梦里。每个人都有自己的归宿，那么容若呢？他认为自己直到现在都一事无成，纵然有无限豪情，却只能困于世事纷杂。

  容若的诗词，从来都是这样掏心掏肺，这是互为知己之人的心里话，一个理解，一个共情，"海内存知己，天涯若比邻"。未来即便一个在南，一个在北，地域时空亦不能阻隔心意相通。

严绳孙离开这日,容若送出很远,一面走一面诵出《别荪友口占》一首:

> 半生余恨楚山孤,今日送君君去吴。
> 君去明年今夜月,清光犹照故人无。

有点遗憾的是严绳孙在北京的朋友多,送别的时候人也多。容若根本没机会单独为其饯行,说些体己话。所以,容若很希望严绳孙只是回乡看看,盼望着他能够早日返京。

严绳孙离开后不久,容若便思念非常,写了很多书信。比如康熙十五年(1676年)正月,容若写道"分袂三日,顿如十载……",那种感觉可以说是度日如年。

过去的两年里,严绳孙和容若经常沟通,感情非比一般。比如,当时容若极为喜欢收藏名家书画,他曾经收藏过米芾的一幅《芦洲聚雁图》,并题咏了《满庭芳·题元人〈芦洲聚雁图〉》:

> 似有猿啼,更无渔唱,依稀落尽丹枫。湿云影里,点点宿宾鸿。占断沙洲寂寞,寒潮上、一抹烟笼。全不似,半江瑟瑟,相映半江红。
> 楚天秋欲尽,荻花吹处,竟日冥蒙。近黄陵祠庙,莫采芙

蓉。我欲行吟去也，应难问、骚客遗踪。湘灵杳，一尊遥酹，还欲认青峰。

米芾是北宋文人画的怪杰，天资高旷，古今鲜有人及。他的画设色、泼墨与格局都别具匠心。这样的书画作品，容若是无法和府上其他人交流的，但严绳孙住在家中的时候，就能够畅谈。

严绳孙精通绘画，性情极为通达，非常理解容若在学问上的情感起伏，自然也会和他一起探讨作品的玄妙和开创性在哪里。加之严绳孙不热衷名利，这种摒弃了功利的心境，让其看待问题的维度比容若的其他朋友更高，对容若的影响也更大。

容若身处名利场，早就厌倦了虚伪的客套和逢迎。

当时，明珠由兵部尚书升任吏部尚书后，因职务牵扯到人事调动考核，明珠府成了北京城内人事极为复杂的地方。各路人物纷至沓来，求职的，送礼的，想要功名的，来打点通关的，络绎不绝。但凡能够沾上点关系，就想来钻营，获取利益。很多人知道容若是个性情温和的谦谦君子，就想附庸风雅，从此处曲径通幽，达到接近明珠的目的，让容若不堪其扰。

所以，容若看得更清楚，像严绳孙这样单纯只是为了谈文学和他做朋友的人，实际上极少。因此，独处之时，容若的思绪会开小差，会不由自主地想到南方的严绳孙，于是便有了很多诗词。

比如这首《浣溪沙·寄严荪友》：

藕荡桥边理钓筒，苎萝西去五湖东。笔床茶灶太从容。
况有短墙银杏雨，更兼高阁玉兰风。画眉闲了画芙蓉。

词中容若想象远在江南的严绳孙的生活，想到那些烟雨朦胧的诗情画意，极为向往。严绳孙住在藕荡桥边，出门便有荷叶亭亭如盖，丝丝的绿萍问候湖水，清新别致，每日都可见。所以，他写严绳孙"钓竿归山林，执笔闲挥毫"，偶撷宋词，煮清茶一杯，身边红颜相伴，画眉举案，一定惬意。

实际，容若也是写自己。他是摆脱不了现实的，由于出身贵族，一辈子要处在权力的旋涡中。如今于家国责任未完，于未来功名未尽，他理想的文人世界，根本无法真正构建。他只能抛下任性，在祖宗规矩的束缚下，中规中矩地生活。

值得欣慰的是他有一位懂他的妻子，老师徐乾学也通过捐官回到了京师，张纯修、曹寅等朋友也与他时常互动。这让他能够平复内心，去接受俗世的一切冗杂，面对未来的无限变数。

康熙十五年（1676年），冬去春来，又到了天下学子鱼跃龙门的时候，纳兰容若又等来了三年入闱之期。三年前，因为突发寒疾，殿试错失君前对策，容若遗憾良久。此年容若决定全力以赴。他信心满满，不但努力温书，还总结之前的教训，注意劳逸结合，防止关键时候再掉链子。

　　卢氏深知容若心结，多方宽慰，令容若大为感动。三年间，容若的身份发生了巨大变化，他成了丈夫、父亲，科考的意义于他也发生了改变。他更加斗志昂扬。

　　容若的好友姜宸英、翁叔元等人，也参加了考试。因为上次落第，翁叔元多得容若宽慰，如今亦是重新来过，锐气难当。

　　殿试是由皇帝亲自主持的考试，所以进士们又被称作"天子门生"，一般紧接着会试在次月举行，由皇上亲自策问或委派可靠大臣主持，以定甲第。录取者分为三甲：一甲三名，赐"进士及第"，第一名状元，第二名榜眼，第三名探花；二甲若干名，赐"进士出身"；三甲若干名，赐"同进士出身"。这些进士中，又选拔出前十名，皇帝亲自过问，翻阅他们的答卷，委派职位，社会关注度极高。

　　此次丙辰科殿试开考当日，众位贡士前往太和殿前，行三跪九叩大礼，然后等皇上将当日科考的题目传下来，大家顾拜接受，而后起身，站着开始答卷。容若的学问极好，回答得极为顺畅。

　　三日后，康熙皇帝在中和殿听读卷官读卷，钦定三甲，选出状元郎。据记载，康熙知道明珠的儿子纳兰容若也参加了这次考试，特意让人将其试卷呈送御览，只是康熙并没有给予容若任何额外的照顾。

随后皇榜贴出，容若高中二甲第七名进士，位列此次考试的前十名。他的朋友姜宸英依然落第，翁叔元高中探花。容若高中，是预料之中的事情，大家都极为高兴。一雪前耻，容若也兴奋地填了一首《生查子》。

> 鞭影落春堤，绿锦郭泥卷。脉脉逗菱丝，嫩水吴姬眼。
> 啮膝带香归，谁整樱桃宴。蜡泪恼东风，旧垒眠新燕。
>
> ——《生查子》

这首词里，他写到自己得知梦想成真，骑着骏马，驰过长堤，鞭影横飞，回家报喜。他体会到了"一日看尽长安花"的喜悦。当他身穿新衣服，帽插金花，游遍全城，骑马归来，和新科进士一起参加樱桃宴会，向皇上谢恩，内心的喜悦无法形容。

同时，"进士"的身份还是一张门票。据《康熙起居注》记载，当时"上御保和殿，引见新进士，亲选庶吉士"，即在新科进士放榜大约一个月以后，前十名会再进行庶吉士的选拔。当时纳兰容若考了第七名，自然也在预选行列，并且他的朋友们都认为以他的名次，入选庶吉士不是难事。

然而当容若按掌院学士的唱名，跪拜丹陛，认为自己十拿九稳可以入选的时候，却意外落榜了。皇帝并没有让其心愿达成，而且再次考核完成后，也没有授予容若任何官职。这件事让容若因中举而升起的喜悦一扫而光,也令他的朋友们极为困惑,对皇帝的这番操作十分不解。当时翁叔元被授予翰林院编撰的职位,他也觉得这件事有些出乎意料。他深知纳兰容若的才学不在自己之下,甚至要高于自己,这个结果不应该出现。

这是容若人生中一次极大的挫败,他的理想化人生就是入馆读书,和翰林院的老学究们探讨学问,增进学识,立言著述。所以这突如其来的冷处理令他极为烦恼和忐忑,不知道哪一环节出了问题。

关于此次容若未能入选庶吉士,有很多人猜测与当年他的老师徐乾学的科场舞弊案有关。他们认为容若当年之所以能够通过考试,不乏明珠与徐乾学的暗箱操作,或许是康熙看过其答卷以后,认为水分很大,他因此落第。这是对容若才学的深刻误解。

学术水平不是一天练成的。据现存的纳兰容若的作品看,他用典极广,涉猎亦极广。除了前面提到的两本著作,他还曾作《自鸣钟赋》,有很多与友人来往的书帖,以及对历代文体论述的《原诗》《赋论》《原书》等资料作为考核证据。它们都表明,容若之所以没有入选庶吉士,一定另有隐情。

其实,据赵秀亭老师《纳兰成德殿试、馆选事实考》分析,此次纳兰容若没有入选翰林院可能跟当时的政策有关。因为后来容若被授予御前侍卫,职位比当时的庶吉士要高。他认为"清初官吏实权在旗员,旗人凭军功、劳绩、封荫、阀阅等当官,无需科名。在满族上层看来,科举只为抚安汉族士人而设,以至心存轻鄙",所以在"庶吉士与侍卫之间,圣祖选成德为侍卫,似是对特权子弟的优渥关照,应非故意为难"。

也是在康熙十五年(1676年),朝廷颁布了一项政策,认为八旗子弟"虽文武并用,然八旗子弟,尤以武备为急,恐专心习文,以致武备废弛",竟然就此剥夺了旗人子弟参加考试的资格。容若考中进士,也恰在这个节骨眼上,自然不能如愿做个学者。后来,容若的人生被搁置起来,很久之后才被皇帝提拔,做了侍卫。但这种提拔,并不符合其本人意愿,反而阴错阳差地造成了容若的人生悲剧,让其一直耿耿于怀,理想不能实现,抱憾忧郁了后半生。

现实生活中,有太多这样的案例。原本学习成绩优异的孩子高考失利,或者在大学毕业以后因为专业不对口就荒废了自己。这可能是容若悲观性格形成的一个原因。因为在这次庶吉士的选拔之后,容若便郁郁寡欢,将自己的志向转移到了研读《易经》上。这从另一个侧面反映了容若内心并不快乐。

而明珠认为这是官场中的常态,接受就可以,他让儿子不必介怀,专心学问,静静等圣谕就行。

因为参加考试,容若的交际再次扩大,结识了很多好友,既有同科进士,也有之前的同门。除了翁叔元,他的另一个同年马云翎也参加了会试。马云翎是江苏无锡人，比容若大几岁。自康熙十二年（1673年）中举人后，便与容若一见如故。后来，马云翎因落第回了江南，此次前来应会试，没想到依然落第，他很是沮丧。容若便邀请他到府上居住，勉励他还可再考。马云翎对容若极为感激，但住了几日还是执意回家了。

临行前，容若作《又赠马云翎》相赠：

岧峣最高山，山气蒸为云。物本相感生，相感乃相亲。

吁嗟人生不可拟，君南我北三千里。

一朝倾盖便相欢，两人心事如江水。

君身似是秋风客，身轻欲奋凌霄翩。

语君无限伤心事，终古长江江月白。

世事纷纷等飞絮，我今潦倒随所寓。

惟愿饮酒读君诗，花前醉卧梦君去。

容若待人一向尽情，一旦相交就掏心掏肺。诗中，他谈到自己与马云翎有着差不多的性灵，因此亲切相交。所以即便南北远隔，也阻止不了彼此之间的情义。甚至他还希望自己醉卧做梦，与马云翎梦中再见。有点悲凉的是，马云翎回乡以后，便于康熙十七年（1678年）去世了，年仅三十岁。他再也没有机会参加下一次会试，无法实现君前对策的梦想，更不能与好友把酒言欢了。

这个噩耗传来，容若极为悲伤。他望着马云翎曾经住过的轩窗小楼，看着窗帘上如波纹一样的褶皱，不由得潸然泪下，写下好几首《柳枝词》：

马卿苦忆红泥阁，我亦伤心碧树村。
病骨沈绵词客死，更谁攀折与招魂。

池上闲房碧树围，帘文如縠上斜晖。
生憎飞絮吹难定，一出红窗便不归。

密护轩窗障小楼，从今不作少年游。
一生几许心闲日，不见相思见又愁。

人生无常，没有人能预先设计生命，更不能探知下一刻会发生什么。每个人只能活在当下，把握当下。曾经，容若和马云翎手挽手，还憧憬着未来，并约定下次科考，再来相聚……而送走朋友后，容若把自己埋在了书卷中。

有言云"古之伤心人，别有怀抱"，在这个世界上，从来没有人无缘无故就心如止水或心灰意冷，大部分人都是因为经历了命运的坎坷和打磨，心愿未遂。而纳兰容若事业上没有称心如意，这种挫折，对他的打击是很大的。他因此看透，即便生于富贵之家，父亲权倾天下，也不意味着他就能真正实现自我意志。

自此，容若"闭门扫轨，萧然若寒素。客或诣者，辄避匿。拥书数千卷，弹琴咏诗，自娱悦而已"，开启了封闭式的自我疗愈，每日手不释卷，内心虽然孤独，但也安静。他开始反求其内，对人生际遇、命运玄微有了更深刻的思考。

所以，除了在老师徐乾学的指导下，继续编纂《通志堂经解》、书写《渌水亭杂识》等书籍，容若还研读《易经》，写出了《合订删补大易集义粹言》，并请朱彝尊作序发表。在这些阅读中，他开始关注虚无，思考涉猎生死等人生终极问题。

就在纳兰容若闭关读书的时候，京城里来了个叫施道源的南方道士，成了话题王。此人住在吴县太湖旁边的穹窿山上，传言他作法灵验，被康熙皇帝邀请入京，设醮祈雨。当时纳兰容若正在思考一些玄学问题，内心极为苦闷，听到这件事以后，心有所动。

他派人去打听这个道士的信息。原来施道源从小出家，十九岁时跟从演真大师学法，道行很深。他斩杀白蟒，在顺治年间曾三度设醮。此次前来，他竟然真就求雨成功，深得康熙皇帝赞誉。这个有点玄妙的故事，发生在三藩叛乱的时候，大有乱世斩妖魔的味道。自此年开始，三藩节节败退，清军所向披靡，并于康熙十七年（1678年）平定叛乱。

对于玄学，容若一半好奇，一半困扰。读史通经，神仙怪志也是其中的一部分。真真假假，幽微之处，本来就玄妙，如今眼前有这样一位传奇之人，容若很想亲眼见见。于是，他让人拿了自己的名帖去拜会，而后与施道源相约长谈。

在容若的《送施尊师归穹隆》中，他写下了此次会晤后的感受："他日再相见，我鬓应垂白。愿此受丹经，冥心炼金液。"大有想要追随修道之心。

随后在此年的秋天，容若又写下了《再送施尊师归穹隆》：

> 紫府追随结愿深，日归行色乍骎骎。
> 秋风落叶吹飞舄，夜月横江照鼓琴。
> 历劫飞沈宁有意，孤云去住亦何心。
> 贞元朝士谁相待，桃观重来试一寻。

这些诗句，字里行间都渗透出一种沧桑。

当然，容若不会真的就出家修道，也不是真的就了断尘缘，但他却对人生有了新的认知，心肠就此"冷"了一层。而这也促使他的思想再次更新，诗词境界再次提升。

侧帽风流

> 红影湿幽窗,瘦尽春光。雨余花外却斜阳。谁见薄衫低髻子,抱膝思量。
>
> 莫道不凄凉,早近持觞。暗思何事断人肠。曾是向他春梦里,瞥遇回廊。
>
> ——《浪淘沙》

康熙十五年(1676年)春夏间,纳兰容若与一生中最重要的朋友顾贞观结缘。顾贞观字华封,号梁汾,出身书香门第,家学深厚,是顾宪成的第四代孙。少年时代,顾贞观就有才名,"飞觞赋诗,才气横溢",其后更是成了清初文坛上的领袖人物,也是性灵派词人的灵魂人物。他与陈维崧、朱彝尊并称"词家三绝",又与纳兰容若、曹贞吉并称"京华三绝",对当时的词坛影响卓著。

顾贞观在康熙五年(1666年)中举,一度官至内阁中书。

但在康熙十年（1671年），却因为官场倾轧而心灰意冷，辞官归隐江南。顾贞观是个至情至性的人。少年之时，他参加了吴江名士吴兆骞兄弟主持的"慎交社"，与吴兆骞相识，结为生死之交，人生的后半场也因为这个朋友改辙了。

吴兆骞同样是一个才华横溢的人，与华亭彭师度、宜兴陈维崧并称"江左三凤凰"。但恰恰是学识渊博，让其难免恃才狂傲，"不拘礼法，狂放腾越"。这为他的人生悲剧埋下了伏笔。

顺治十四年（1657年），吴兆骞赴江南乡试，成为举人，却赶上了当时最大的科场舞弊案。主考官曹本荣、副考官宋之绳联合考官李振邺、张我朴等人，收受贿赂，照事先拟好的贿赂人员名单，决定考试结果，引发了考生暴动。这令顺治皇帝极为恼火，皇帝不但严惩涉案官员，还将一系列周边人物都捉拿拷问，一时间牵连无数。

本来这个案件与吴兆骞没多大关系。但因为此年科场舞弊，成绩的真实性打了折扣，顺治皇帝只好敕令重考。他坐镇中南海瀛台，不辞辛苦地把该科的举子集中到一起，面对面进行考核。但吴兆骞最后却交了白卷，究其原因，有因皇帝坐镇而思绪全无不能下笔、因病无法下笔、因被诬陷作弊而负气等说。而一些被吴兆骞得罪的人借机大做文章，诬陷吴兆骞，使其付出了惨重代价：吴兆骞不但被革除了举人的功名，家产全部抄没，还被判流放宁古塔!

其实，当时礼部、刑部也曾认真核查吴兆骞的考试成绩，得出了没有行贿作弊的结论。无奈，君前失仪亦是大罪，惩处依然落到了吴兆骞头上。身陷囹圄，吴兆骞只剩下悲愤，在狱中写下了这样的诗句：

冤如精卫悲难尽，哀比啼鹃血未干。

悲剧已经酿成，吴兆骞也只能接受这样的现实，于顺治十六年（1659年）闰三月初一，前往宁古塔服刑。宁古塔是苦寒之地，被流放到那里的人常常九死一生，对吴兆骞这样的文弱书生来说，能够走到那里就已经是奇迹，能生活下去实在不易。几年之间，吴兆骞已经被折磨得不成样子。他也曾经想要翻案，无奈案子是顺治皇帝亲自判的，他又没有足够的财力疏通关节，想要洗刷冤屈如同登天，只能作罢。

随着时间的流逝，被日复一日的劳作和恶劣的环境打磨，这位江南才子身上的不羁没有了。后来吴兆骞多得黑龙江将军巴海的眷顾，聘为西宾，做巴海儿子的老师，这才境遇好转。经历了这么多孤独与挫折，吴兆骞对自己的年少轻狂多有懊悔，开始挣扎着想要解除罪罚，就将希望寄托到了好友身上。

在吴兆骞的好朋友当中，顾贞观最为至情，曾经在送别吴兆骞之时立下誓言，一定要解救吴兆骞于危难。于是，吴兆骞就写了一封书信给顾贞观：

> ……双鬓渐星，妇复多病，一男两女，黎藿不充。回念老母，茕然在堂，迢递关河，归省无日……

当时顾贞观正在千佛寺寄居，读到友人来信后，心情无比压抑。时值隆冬，大雪纷飞，他看着窗外的天地苍茫，觉得好友冤沉海底，遭遇如此凄惨，自己却无能为力，非常苦闷。于是，他按照当年秋水轩唱和的旧韵，填成了《金缕曲》二首，以词代书信，托人带给了远在宁古塔的吴兆骞。

> 季子平安否？便归来，平生万事，那堪回首？行路悠悠谁慰藉？母老家贫子幼。记不起、从前杯酒。魑魅搏人应见惯，总输他、覆雨翻云手。冰与雪，周旋久。
> 泪痕莫滴牛衣透。数天涯、依然骨肉，几家能彀？比似红颜多命薄，更不如今还有。只绝塞、苦寒难受。廿载包胥承一诺，盼乌头、马角终相救。置此札，君怀袖。
>
> 我亦飘零久，十年来，深恩负尽，死生师友。宿昔齐名非忝窃，只看杜陵穷瘦。曾不减、夜郎僝僽。薄命长辞知己别，

问人生、到此凄凉否？千万恨，为兄剖。

兄生辛未吾丁丑，共些事，冰霜摧折，早衰蒲柳。词赋从今须少作，留取心魂相守。但愿得，河清人寿。归日急翻行戍稿，把空名、料理传身后。言不尽，观顿首。

这两首词写得极为深情，前一首写吴兆骞在冰雪积重的苦寒之地，受尽折磨，骨肉分离，自己感同身受；后一首写了自己同样人间飘零，苦不堪言，负了友人所托，感叹这身不由己，随波逐流的命运。

但是，即便命运如此苛刻、凄凉，顾贞观心底的一片真诚，自始至终不曾改变。从接到吴兆骞的书信这一天起，他把营救友人当成了事业，先后向在京的多位江南籍官员，比如苏州的宋德宜，昆山的徐乾学等人求助，希望他们伸出援手。但这样的大案，想要翻案，单凭汉人的力量无法做到。徐乾学认为需要从长计议。此时，明珠正在寻找一位精通典籍的得力老师，和容若一起研讨学问，编纂文学作品。徐乾学和严绳孙举荐了顾贞观前往应聘，以图机遇。于是，高山流水遇知音，顾贞观和纳兰容若相逢了。

容若与顾贞观一见之下，不但相谈甚欢，还因为学识、三观、认知极其一致，填词作赋，切磋学问，到了亲密无间、形影不离的地步。当时顾贞观带了一张自己的肖像画给容若看。画面上的顾贞观斜戴着帽子在玩投壶的游戏,那种"丰神俊朗"、轻狂不羁的神态,自成雅致风流,"大似过江人物",契合了容若心中豪情文士张扬潇洒、桀骜不驯的幻想,让容若从内心深处发出了一声共鸣:"我也是个狂生啊!"

他在这张图上题写了一首词:

德也狂生耳!偶然间、缁尘京国,乌衣门第。有酒惟浇赵州土,谁会成生此意?不信道、竟逢知己。青眼高歌俱未老,向樽前、拭尽英雄泪。君不见、月如水。

共君此夜须沉醉。且由他、蛾眉谣诼,古今同忌。身世悠悠何足问,冷笑置之而已。寻思起、从头翻悔。一日心期千劫在,后身缘、恐结他生里。然诺重,君须记。

——《金缕曲·赠梁汾》

这首词成了容若的成名作和代表作。

《礼记》中说:"投壶之礼,主人奉矢,司射奉中,使人执壶。"这原本是春秋战国时期贵族的待客之礼。当时邀请客人,往往射箭取乐。但是文人不谙此道,便以投壶替代射箭,自此受到历代文人墨客推崇,成为宴席间的风流雅事。顾贞观又在投壶之上,仿效北周独孤信衣冠拂乱、侧帽风流之姿,大有玉树临风,孤绝舒朗之神韵,也就难怪容若动容了。

惊喜之下，容若顿生同频之感，于是对顾贞观剖白：我纳兰成德也是一个狂妄的家伙，我虽然穿得好，吃得好，做派很贵族化，却也仰慕平原君三千食客，广结天下贤士的心胸，只是这份心意直到今天遇到了知己之人，才被了解。

推心置腹的交流让友情急剧升温，二人举杯畅饮，两心相许。容若因未得到皇帝重用而生的挫折感和烦恼也暂时放下了。他向顾贞观许下了这样的诺言："一日心期"。纵然轮回千劫，磨难重重，将来转世投胎，也要再续前缘。

一个贵公子如此接地气地放下身段，与平民老师毫无身份障碍地交心，让顾贞观非常感动。为吴兆骞奔走以来，他看惯了冷眼，见多了豪门贵胄蔑视的嘴脸，如今得到这样的礼遇，这样的人生理解和尊重，他激动了。于是他将这首词抄录出去，文人们争相传阅，一时间洛阳纸贵，以至教坊中无人不知《侧帽词》。

顾贞观曾经做过清代翰林院的官，又是江南词坛的重量级人物，他的肯定等同让容若拿到了进入最佳创作者行列的门票，再加上情感文案的助推，纳兰容若不想红都难！

随后，顾贞观亦以同调，和作酬唱容若：

且住为佳耳。任相猜、驰笺紫阁，曳裾朱第。不是世人皆欲杀，争显怜才真意。容易得、一人知己！惭愧王孙图报薄，只千金、当洒平生泪。曾不值,一杯水。

歌残击筑心逾醉。忆当年、侯生垂老,始逢无忌。亲在许身犹未得,侠烈今生已已。但结托、来生休悔。俄顷重投胶在漆,似旧曾、相识屠沽里。名预籍,石函记。

——《金缕曲·酬容若见赠,次原韵》

这首词中顾贞观也剖白式地写到,我这一生已经活成了当年的李白,到了"世人皆欲杀"的地步,真没想到人生会转折得这样快,遇见了人世间最理解我的人。顾贞观也以诚心相许,并且认为金钱、眼泪都难以回报这份真情。

高山流水遇知音,人生得一知己足矣!

迟日三眠伴夕阳,一湾流水梦魂凉。
制成天海风涛曲,弹向东风总断肠。

小艇壶觞晚更携,醉眠斜照柳梢西。
诗成欲问寻巢燕,何处雕梁有旧泥。

——《偕梁汾过西郊别墅二首》

才华加上传奇故事,纳兰容若和顾贞观相交、相和的词,风靡京城。渌水亭成了群英荟萃之地,想来这里的人越来越多。但物以类聚，人以群分，不是每一个人都能得到容若的倾心相交，比如高士奇。

高士奇一开始也在明珠府上供职，字写得很好，曾经指导过容若，康熙十五年（1676年）的时候由明珠推荐进入南书房供职，为皇上服务。但此人功利心太强了，容若很难与之深交。高士奇一直想要容若给他写几个字。容若对其要求提不起兴趣来，直到四月间才抄写了一份《与山巨源绝交书》交给了他。

平日里，纳兰容若还是更喜欢和顾贞观这样有气性、有节操的人交流。所以，他们二人经常携手前往西郊别墅，避开喧嚣，或放舟湖上，或谈天说地，或探讨学问，或整理文献，用这种方式静度时光。

交流久了，顾贞观就将曾经写给吴兆骞的两首《金缕曲》抄给了容若看。容若见到这两首词，不禁流下了眼泪，说："河梁生别之诗，山阳死友之传，得此而三矣。此事三千六百日中，弟当以身任之，不俟兄再嘱也。"

容若将这两首词比作李陵写给苏武的"别离诗"，向秀悼念亡友嵇康的《思旧赋》，认为顾贞观所写，与它们一样真挚，并且承诺，会将营救吴兆骞的事情放在心上，和顾贞观一样当作自己的责任，不用提醒。

随后，容若依然用秋水轩的旧韵，又填写了《金缕曲·简梁汾》：

> 洒尽无端泪，莫因他、琼楼寂寞，误来人世。信道痴儿多厚福，谁遣偏生明慧。莫更著、浮名相累。仕宦何妨如断梗，只那将、声影供群吠。天欲问，且休矣。
>
> 情深我自判憔悴。转丁宁、香怜易爇，玉怜轻碎。羡杀软红尘里客，一味醉生梦死。歌与哭、任猜何意。绝塞生还吴季子，算眼前、此外皆闲事。知我者，梁汾耳。

  词中容若叹惋吴兆骞的才华，同情他的不幸遭遇。他安慰顾贞观千万别为他人的不理解伤心，认为他们那样性情的人，想要获得理解是很难的；比起一些人醉生梦死的人生，这样的人生才称得上鲜活。所以他向顾贞观许下了十年之期的诺言，要他静心等待，自己一定会把吴兆骞给营救出来。

  没想到听了这句话，顾贞观双膝跪下，流着眼泪对纳兰容若说，生命有限，命运际遇更是瞬息万变，吴兆骞在恶劣的环境中能不能等十年是个未知数，所以他恳请容若将时间改为五年。

  容若非常为难，但是他心疼顾贞观。他将顾贞观扶起来，安慰他说"绝塞生还吴季子，算眼前、此外皆闲事"，答应了他的请求。容若自然没有能力救人，但是他的父亲权倾朝野，深得皇帝信任。为了知己的知遇之情，他愿意硬着头皮向父亲求情。果然，当容若将吴兆骞的问题反馈给明珠时，明珠也颇为难。但为了自己的儿子，他还是决定冒险试试。

这场营救，还有一个小插曲。据说，一次酒宴上，明珠拿酒和顾贞观开玩笑说："你要喝了这杯酒，我就营救吴兆骞。"文人小酌，喝点酒，顾贞观还可以胜任，但真要斟满一大杯子飙酒，对他来说确实有点难度。但为了吴兆骞，顾贞观二话没说，端起酒杯，一饮而尽。

明珠看罢，觉得自己的玩笑开得有点大了，本来已经答应儿子帮忙救人，却又如此戏弄儿子的朋友，确实过分，于是忙说："我是和先生开玩笑的，你不喝掉这杯酒，难道我还不救人了吗？"

救人并不容易，吴兆骞案是顺治皇帝亲自判决的，康熙至孝，根本不愿意翻案。明珠试着提了，果然被皇帝断然拒绝，明珠只好从长计议。直到康熙十七年（1678年）正月十八日，康熙皇帝遣内大臣武默讷前往长白山敕封长白山之神，祀典如五岳，吴兆骞趁机写了《长白山赋》取悦皇帝，事情才终于有了转机。

康熙二十年（1681年），皇帝拟定了一项新政策，条约中规定"举隐逸，旌节孝，恤孤独，罪非常赦不原者悉赦除之"。明珠趁机替吴兆骞求情。康熙对吴兆骞的《长白山赋》印象很深刻,见此人真心臣服,明珠又极力为其说话,便答应以"纳锾"的方式,让吴兆骞免罪。

对于身无分文的吴兆骞来说,让其筹钱为自己赎身,也是很难的事情。但容若认为,能用钱解决的问题是所有问题中最容易的。他和顾贞观筹划,向江南文人募集一部分,自己也出一部分,这笔赎金最终凑足。同年底,吴兆骞在经历了二十三年的漂泊后,回到了北京。

他先前往明珠府上拜谢,而后由容若安排,暂时在积水潭边的净业寺住下。这时顾贞观已经回到南方,直到第二年的元宵节,二人才得以重聚。相别日久,二人抱头痛哭,感慨万千。二十多年的挫折,让吴兆骞褪去了轻狂,变得成熟稳重。而明珠父子也好事做到底,体谅吴兆骞回到家乡一无所有,就让其做了容若弟弟揆叙的老师。

但这个故事的结局有点悲凉。在明珠府上,顾贞观和吴兆骞相处并不融洽。重新归来,吴兆骞的性情去掉了狂傲,也少了灵气,与顾贞观三观差异极大。二人再也不是曾经默契的好友,友情虽在,但思想不再同频,相处产生摩擦。

有一次,二人因为琐事不愉,容若叹息着请吴兆骞到一间房内,让其观看墙壁上的一行小字。只见上面写着:"顾梁汾为松陵才子吴汉槎屈膝处。"

吴兆骞方知顾贞观为让他沉冤得雪,付出了多大的代价,二人重归于好。后来，不知是因为懊恼郁结，还是无法融入眼前的生活，引发水土不服，吴兆骞在与顾贞观重逢的第二年，就病入膏肓。当时他前往故土省亲，在老家一病不起。容若等人觉得他遭遇堪怜，就将其接回北京医治，然而回天乏术。

极富戏剧性的是，纵然顾贞观为了营救此人，不惜下跪，弥留之际，吴兆骞对儿子的遗言却是："吾欲与汝射雉白山之麓，钓尺鲤松花江，挐归供膳……付汝母作羹，以佐晚餐，岂可得耶。"他怀念的竟然不是江南故里的水乡烟雨，而是在天寒地冻的松花江上，钓起鲤鱼，烹饪成汤羹做晚餐的鲜美。

真是可悲又可叹！

营救吴兆骞的结局以凄凉收尾，容若却兑现了对顾贞观的千金一诺。顾贞观把容若的这份知遇之恩铭记在心，在之后的几十年里，这份至情至性的知己之情几乎成了他生活的重心。而恰恰是有了顾贞观的这份铭记，容若的作品才得以整理出版，被后世阅读、理解并追捧。

顾贞观看得极为透彻，他曾说：

人生百年一弹指顷，富贵草头露耳。容若当思所以不朽，吾亦甚思所以不朽容若者。夫立德非旦暮间事，立功又未可预必，无已，试立言乎！而言之仅仅以诗词见者，非容若意也，并非梁汾意也。

他认为人生百年，弹指之间，富贵并不永恒，真正能够让人不朽的一定是思想。这是他理解容若的地方，也是他和容若作为思想者、见证者和写作者的共识。在填词上，他们也观点相同，推崇一定要由性灵生发，注重词的抒情能力。这就让他们在对当下词坛作品的评判上，站在了有相同标准、相同角度的层面。而容若招聘老师的目的之一就是找到一位志同道合的师友，一起做一些让人生不朽的事情。因此在切磋学问之余，他们开始筹划编纂一套词集，这就是后来的《今词初集》。

《今词初集》编选了从明末到康熙十六年（1677）这三十年间的词坛优秀作品。入选词人一百八十四个，精选他们的词作六百余篇，勾勒了清初词坛的创作风貌，也展现了在两个王朝夹缝中生存的词人们独特的精神风貌。最为重要的是，这本词集选编了纳兰容若的词作十七篇，让其成为崛起的词坛新秀。

富贵公子的标签本身就有流量，再加上才华天赋，更催生了时代对容若专著的翘首以待。而顾贞观也敏锐地嗅到了这种需求。他决定为容若编纂一本词集单行本，刊行于世。纳兰容若在听取了顾贞观的策划后，创作《虞美人·为梁汾赋》表达了自己的想法：

凭君料理花间课，莫负当初我。眼看鸡犬上天梯，黄九自招秦七共泥犁。

> 瘦狂那似痴肥好，判任痴肥笑。笑他多病与长贫，不及诸公衮衮向风尘。

容若把词作的选编工作全权授予顾贞观，认为只要不辜负托付的初心就好了，哪怕将来词集不被社会接纳，最后像进入地狱一样被人嘲笑，他也不会后悔。当时纳兰容若理想破灭，内心失意，他认为由明珠这样的父亲为自己撑门面，根本不值得炫耀，反而显得自己无足轻重。因此，词集能不能被社会认可，他都觉得无所谓了。

其实，作为纳兰词的第一读者，顾贞观曾对纳兰词作出这样的评判：容若词有一种凄婉处，令人不忍卒读。这种评价是中肯的。纳兰词之所以长盛不衰，与推销有关，但更重要的是他的词风清新隽秀，善用白描，不事雕琢，哀伤决绝，直抒性灵，击中了感情的痛点，获得了读者的共鸣。这是容若作品的独特性。而拥有独特性的东西，往往具备持久的生命力。

顾贞观想到当初与纳兰容若相交之时，二人因为侧帽投壶的画卷，定下了今生契阔的缘分，就将第一本词集定名为《侧帽词》。

关于"侧帽"，《周书》曾记载过这样一个典故。风流倜傥的独孤信外出打猎，驰马入城时帽子略歪斜，侧影格外动人，让"侧帽"成为遗世独立、不羁君子的象征。这一点也恰恰和容若的气质极为吻合。这本词集定名为《侧帽词》，一语双关，极为贴切。

  康熙十五年（1676年），纳兰容若的第一本词集《侧帽词》付梓，一经发行就成了畅销书。它奠定了纳兰容若京城词坛宗主的地位，也让其声名远播，为后来的不朽开了个好头。

冷暖自知

画屏无睡,雨点惊风碎。贪话零星兰焰坠,闲了半床红被。

生来柳絮飘零,便教咒也无灵。待问归期还未,已看双睫盈盈。

——《清平乐》

康熙十五年(1676年),三藩叛乱的战局发生了巨大的改变。此年耿精忠、尚之信先后归顺清军,清政府在这场长达八年的拉锯战中,看到了胜利的曙光。康熙皇帝的心境也终于平和下来,并于此年的七月陪伴孝庄太后前往昌平的汤山温泉行宫疗养。同一时期,纳兰容若创作了很多表现羁旅生涯的词作。容若以何种身份写下这些作品,始终扑朔迷离。

关于容若的职业生涯是从康熙十五年(1676年)开始,还是从康熙十七年(1678年)开始,一直存在争议。在《纳兰君神道碑铭》中,徐乾学等人对这一事件的描述并没有标注详细的时间。赵秀亭《纳兰成德殿试、馆选事实考》《纳兰成德康熙十七年始任侍卫考》等文中的考辩认为，容若之所以内心非常失意，很大程度上源于一直没有入职，这段赋闲的时间大约有两年。又据康熙十六年（1677年），卢氏去世的时候，由纳兰容若的同年叶舒崇为其撰写的碑文，标题写的是《皇清纳腊氏卢氏墓志铭》，根本没有官职和身份的标识，从而确定康熙十五年（1676年）容若一直赋闲在家，没有入朝为官。

所以容若何时入职，暂不做其他辨析，且以康熙十七年（1678年）为结论。这不妨碍容若随父亲跟从皇上外出历练。通过《纳兰词笺注》可以看到，这年秋天，容若多次外出，与爱妻卢氏聚少离多，思念由衷而发，写下多首抒发怨别愁怀的词。文前这首《清平乐》，就是这一时期的作品。词中写到，临别之时，天上淅淅沥沥地下着小雨，容若夫妻不睡觉，手挽着手相依相偎，絮语绵绵，直到灯花坠落，天色将明，冷落了半床红被，他们还在聊天。

虽然此次是小别，但卢氏还是问了丈夫好几遍何时归来，竟然有一日不见如隔三秋的失落。面对卢氏的泪眼蒙眬，依依不舍，容若也很感伤。他望着妻子那双濡湿的眼眸，心被揉碎了。人生犹如飘絮，身不由己，想到温庭筠《池塘七夕》中的诗句"香烛有花妨宿燕，画屏无睡待牵牛"，容若预感到今年七夕自己可能无法陪伴妻子，情难自已。

这时卢氏已经怀孕,来年将为纳兰容若再添新丁,小别之下,牵挂更甚。所以等容若策马塞上,在荒原上驰骋的时候,想起昨夜的香烛夜谈,红泪滴尽,他又填了另一首《清平乐》:

烟轻雨小,望里青难了。一缕断虹垂树杪,又是乱山残照。

凭高目断征途,暮云千里平芜。日夜河流东下,锦书应托双鱼。

学者张秉戌在《纳兰词笺注》里评注这首词说:"塞上写离情,而此情全凭景物化出。其景象苍茫凄凉,皆为实景,景中寓托了征人怀思的苦情。"

此时微雨迷蒙,纳兰容若登高远望,眼前雨丝飘飞,碧草无际,彩虹挂在树梢,而落日的余晖,笼罩着起伏的山头。暮云千里,自己和爱人已经相隔千山万水,他真想效法古人写一封信,鱼腹藏尺素,寄给爱人。但生活的真实,却将他从幻想中拉了回来。他只能继续随着君王的车马前行,跟在父亲左右,活成他人眼中的明珠嫡子。

这是纳兰容若和卢氏分离的第一个七夕节。此夜天上牛郎会织女,想到人间却有无数夫妻被迫分离,于是他在思念与惆怅中写下了《台城路·塞外七夕》:

白狼河北秋偏早，星桥又迎河鼓。清漏频移，微云欲湿，正是金风玉露。两眉愁聚。待归踏榆花，那时才诉。只恐重逢，明明相视更无语。

　　人间别离无数，向瓜果筵前，碧天凝伫，连理千花，相思一叶，毕竟随风何处。羁栖良苦，算未抵空房，冷香啼曙。今夜天孙，笑人愁似许。

词中纳兰容若写到七夕之日，金风玉露相逢，牛郎与织女鹊桥执手，但是自己却在塞外，只能通过仰望天空来思念爱人。天河之上，淡淡的云，闪闪的星，织女双眉紧锁，泪眼婆娑，等着牛郎踏着榆花而来，倾诉三百六十多天以来积聚的万千心事。但太多的话都浓缩成一个瞬间，牛郎织女都不知道从哪里说起，反而只剩下四目相对了。

而人间，自己与妻子亦是如此，想到这里容若不由得很为妻子心疼。容若在荒原上伫立，营寨中宴席笙歌正热闹，他却感受不到快乐。他望着辽阔的星空，想到自己的妻子在冷冷清清的闺房独守寂寞，因为想念远方的丈夫而流泪到天明，不禁黯然神伤。他想只怕今夜鹊桥上喜相逢的织女星，要笑人间别离的忧愁了。

这年十月，纳兰容若还去了八达岭，随后途经弹琴峡，并写下了自己的旅途感想。当时，他忽然听到崖下乱石之中水声潺潺,仿佛有人弹琴,不禁为之吸引。深谷之中,竟然别有洞天,不但清溪流淌,而且水声如同乐曲,让人惊喜。

随后他从这里的居民口中听到了一个动人的传说。这个传说的主人公是一对相爱的男女。男人和女人原本幸福地生活在山西洪洞大槐树下,但是官府非让他们移民,这对恩爱夫妻就被迫离开了家乡。因为夫妻俩没有同时迁移,只有丈夫一人来到此处。丈夫善于弹琴,日日思念贤惠的妻子,无法排遣,就用琴声来表达对妻子的思念。

结果,精诚所至,金石为开,琴声竟然能够千里传音,妻子循着琴声,找到了峡谷,夫妻团聚。丈夫不忘初心,感念自己能和爱妻团圆都是琴声的功劳,从此以后一有空就以弹琴为乐,滋养天地。而后因为此人弹奏的乐曲极为美妙,竟然感动了神仙,待其百年后,人们将这里命名为"弹琴峡"。

纳兰容若了解了峡谷的由来,心潮澎湃,写下了《清平乐·弹琴峡题壁》:

泠泠彻夜,谁是知音者。如梦前朝何处也,一曲边愁难写。
极天关塞云中,人随落雁西风。唤取红襟翠袖,莫教泪洒英雄。

词中容若叹惋非常。他想,这地方高山流水,琴音千年,未曾停止，难道也是在等待它的知音吗？容若感觉前生的记忆被唤了起来，内心情感起伏。于是，他在弹琴峡的悬崖石壁边一边沉思，一边书写，想到秋风猎猎，天上云卷云舒，大雁南归，人生没来由地悲凉。他想也许只有红袖添香，声色娱情的温柔乡，才能让英雄的一片热肠，暂时得到抚慰。只可惜，离家在外，落寞行程，什么都不能实现。

随后，康熙皇帝前往汤山温泉宫问安，祭祖，过十三陵，纳兰容若亦听从父亲的安排，随之前往。他理解父亲的苦心，但是他的人生已经走到了另一条道路上，现在能够真正让他快乐的就是研究学问，谈诗作词。这样的长途跋涉对他而言，力不从心。

过十三陵的时候，念及曾经的帝王如今都成了一抔黄土，纳兰容若内心的触动很大。这里埋葬着一个王朝，也揭示了一种人生的无情，他因此写了《好事近》：

马首望青山，零落繁华如此。再向断烟衰草，认藓碑题字。
休寻折戟话当年，只洒悲秋泪。斜日十三陵下，过新丰猎骑。

关于这首词，张草纫在《纳兰词笺注》中写道："康熙十五年十月作者曾扈驾到昌平祭祀十三陵。据《清实录》，康熙十五年十月，'戊午……幸昌平。过前明十三陵。上一一躬亲酹酒'。十三陵就在北京城郊，性德往游的机会甚多，因此本词也可能作于康熙十五年以前。"

词中容若记录到，西风残照，古今将相早已泯灭，秋风凄凉，草木憔悴，王业兴废，都是沧桑。纵然当年金戈铁马，显赫一时，如今也只有残垣断壁，衰草枯杨。面对这一切，容若极为怅惘。

在历史的长河中，文人骚客凭吊古人，吟咏古迹，慷慨悲歌，以此来书写自身遭遇，寄托自己的志向和抱负。此时纳兰容若因为理想的生活没有实现，内心写满惆怅幽思，感触也就更深。于是他写下了多首这样的怀古词，下面这首《菩萨蛮》亦是当时在十三陵所作：

飘蓬只逐惊飙转，行人过尽烟光远。立马认河流，茂陵风雨秋。

寂寥行殿锁，梵呗琉璃火。塞雁与宫鸦，山深日易斜。

容若策马从宫门前经过，看到宫门被一把生锈的铁锁锁住，于是他立马回首，思绪穿越了繁华与喧嚣，感悟到时空交错中的无常命运。曾经宫苑深深，山河锦绣，如今这里只有大雁在天空盘旋。他叹息人生只似风中飘蓬，随际遇流转，很无力，也很无奈，而他不敢回首，只有策马飞驰而去，把苍茫夜色中的满眼颓败狠狠地抛到脑后。

历史的悲凉触目惊心，归来后容若重新回归繁华深处，锦衣玉食，与好友一起把酒言欢，一起梳理文献资料，才将这些悲凉情绪慢慢抚平。但这样的平静，没有维持多久。

这一年，徐乾学因为母亲亡故，回到南方丁忧，年末顾贞观又打算回家乡和妻儿团聚，聚散离合让容若无比怅惘。

腊月间，是容若二十二岁的生日，他极为思念顾贞观，就用其《弹指词》中的句子做首句，填了一阕《瑞鹤仙·丙辰生日自寿，起用〈弹指词〉句，并呈见阳》给张纯修。词曰：

马齿加长矣，枉碌碌乾坤，问女何事。浮名总如水。拼尊前杯酒，一生长醉。残阳影里，问归鸿、归来也未。且随缘、去住无心，冷眼华亭鹤唳。

无寐。宿酲犹在，小玉来言，日高花睡。明月阑干，曾说与，应须记。是蛾眉便自、供人嫉妒，风雨飘残花蕊。叹光阴、老我无能，长歌而已。

当时张纯修住在河北，距容若并不远，很多内心不能对外人道的孤独与怅惘，他都喜欢和张纯修说说。

顾贞观在三十岁生日的时候，也曾填过一首《金缕曲·丙午生日自寿》。

> 马齿加长矣。向天公、投笺试问,生余何意?不信馋残分芋后,富贵如斯而已。惶愧杀、男儿堕地。三十成名身已老,况悠悠、此日还如寄。惊伏枥,壮心起。
>
> 直须姑妄言之耳,会遭逢、致君事了,拂衣归里。手散黄金歌舞就,购尽异书名士。累公等、他年谥议。班范文章虞褚笔,为微臣、奉敕书碑记。槐影落,酒醒未?

当时顾贞观任职国史馆典籍,因为满怀经邦济世宏愿,却只做了七品小官,与愿望相去甚远,内心很是失落。想到还要应对小人制造的各种错综复杂的局面,便借自寿抒发满腔义愤。词中他投简问苍天,自陈三十岁虽然身被功名,却周旋名利场,除了消耗情绪,让人心情低沉,其实毫无意义。

纳兰容若也有一样的情结。他赋词自寿,也将自己的生命体验和人生态度写了出来。他引用"华亭鹤唳"的典故,通过西晋成都王司马颖重用陆机之典,写自己际遇堪忧,心灰意冷,只能冷眼无奈,随波逐流。

这是纳兰词给所有人的一种基调,悲凉心冷,对这个世界有情,但是情却锥心,让人极为心疼。按照常理,作为富贵家的公子,容若衣食无忧,没有奔波之苦,应该像《红楼梦》中的纨绔子弟一样经常高兴快乐。但恰恰相反,遥想未来,容若不但不快乐,还忧心忡忡。这不禁让人生出生命的晦暗诱因何在的困惑。

但历史尘埋，已经无法探究根源。我们只看到一个忧伤的青年在最美的年华冷了心肠。而正是这种"冷"，让容若的一生终成悲剧。

康熙十五年（1676年）末或是康熙十六年（1677年）初，顾贞观回到了南方。这是顾贞观与纳兰容若结交以后，二人第一次分别，容若依依不舍。二人亦师亦友，在一起切磋学问的时间虽然不长，顾贞观却对容若从做人到做学问，甚至感情生活，都影响深远。但顾贞观也有自己的生活，不能与容若永远聚在一起。这次离开，直到康熙十六年的秋天他才又回到了明珠府上。并且这次回归之后不久，他再次离去，直到博学鸿儒科考完毕才又回归。

分别之时，二人执手道别，觉得相聚的时间太短了，还没有更深入地交流，于是一杯浊酒下肚，容若泪湿青衫，便写下一首《金缕曲》，将对好友的思念、自己的孤独都填到了词中。

酒涴青衫卷，尽从前、风流京兆，闲情未遣。江左知名今廿载，枯树泪痕休泫。摇落尽、玉蛾金茧。多少殷勤红叶句，御沟深、不似天河浅。空省识，画图展。

高才自古难通显。枉教他、堵墙落笔，凌云书扁。入洛游梁重到处，骇看村庄吠犬。独憔悴、斯人不免。衮衮门前题凤客,竟居然、润色朝家典。凭触忌,舌难剪。

——《金缕曲·再赠梁汾,用秋水轩旧韵》

这首词中,纳兰容若推心置腹地说了很多知心话。他认为顾贞观才华旷世,却志向难酬,难免斯人憔悴,像庾信那样伤感流泪。但是他也尖锐地指出当时的社会有局限,即便真做官往往也难以施展抱负,文人墨客只能装点门面,根本不可能真正被重用。

读罢此词,很多人感叹"高才自古难通显",这些发自肺腑的"吐槽",有共鸣,有共情,还带着几分人情世故的通透,入心入肺,今天读来仍令人动容。即便写词的人已经作古,我们还是能够感受到当事人内心的苦闷,以及他对友人设身处地的体谅、理解。这是纳兰词的高妙之处。

不久,春光乍现,南燕北归,容若手捻着花朵凋零的残枝,想到昔日顾贞观在的时候那些交流的默契,便以词代简,写下了《大酺·寄梁汾》,托人带给顾贞观:

只一炉烟,一窗月,断送朱颜如许。韶光犹在眼,怪无端吹上,几分尘土。手捻残枝,沉吟往事,浑似前生无据。鳞鸿凭谁寄,想天涯只影,凄风苦雨。便砑损吴绫,啼沾蜀纸,有谁同赋。

当时不是错,好花月、合受天公妒。准拟倩、春归燕子,说与从头,争教他、会人言语。万一离魂遇,偏梦被、冷香萦住。刚听得、城头鼓。相思何益?待把来生祝取,慧业相同一处。

自从好友离开以后,他独对宝鼎香烟,窗前明月,内心非常孤独。这样打发时光,大好年华都断送给了无聊和空虚。因为无法传递书信,想到好友在南方亦是形单影只,独对凄风冷雨,即便铺开绫纸,泪洒相思,因为无人唱和,也觉得毫无意义,容若很揪心。

他在追忆与思念中自问,这能怨谁?然后又自我宽解,肯定是之前共度的时光太过美好,老天爷忌妒,才制造了这样的别离。如今看到燕子从故人归去的地方归来,勾起昔日的怀念,竟然日有所思,夜有所梦。不过梦中相遇极为虚幻,鼓声一响,残梦惊破,一点都不美好,反而更冷清寂寞。

人远心不远,天涯若比邻,顾贞观能与容若相知,真是幸运。

命运瞬息万变,对远方友人的思念不断,身边的爱人又出了问题。

康熙十六年(1677年)四月,卢氏产下了纳兰容若的嫡长子,却因为各种产后并发症,一病不起。卢氏不是第一次生孩子,但产下这一胎后,她身体极为虚弱。女性生育,每一次都是在走鬼门关,在容若的时代,女性遭遇的痛苦更多,产后出现问题的概率也更大。所以纵然府中名医云集,医药不缺,卢氏还是病入膏肓。

望着襁褓中粉妆玉琢的儿子,纳兰容若悲欣交集,承受着巨大的压力。以前夫妻闲谈,卢氏曾问容若,最悲伤的字是哪个。容若答不出,卢氏说是"若"字,因为这个字出现的地方,代表的是无能为力。"若"代表一种假设,比如对某件已经发生的事,心里想"若如何如何,就不会这般了",这种假设就是对已经发生的事无能为力的表现。此时,容若看着病床上面容憔悴的妻子,深刻体会到了无能为力,因此写下了《南楼令》:

> 金液镇心惊,烟丝似不胜。沁鲛绡、湘竹无声。不为香桃怜瘦骨,怕容易,减红情。
> 将息报飞琼,蛮笺署小名。鉴凄凉、片月三星,待寄芙蓉心上露,且道是,解朝酲。

词中写到,卢氏的身体如同风中的柳丝孱弱难支,虽然全力以赴医治,依然没能好转。在生命的尽头,药物成了安抚心绪的替代品,容若预感到妻子的未来极为凶险,他将一切悲伤都留给了衣袖,无数次擦拭泪水。

凄凉无助中，容若甚至迷信鬼神，想要写信告诉仙女，请仙女寄来灵丹妙药医治妻子。他幻想着这只是卢氏不小心喝多了，醉酒了，昏昏沉沉睡去，等仙女的药来了，就可以从昏睡中醒来。

赵秀亭、冯统一《饮水词笺校》中对这首词这样评注："此阕写卢氏病重时事，时在康熙十六年春。卢氏死于产后亏虚或并发症。上阕言竭力求医，下阕言寄希望于神仙援手，其绝望之情已见。"

果然，五月三十日，卢氏医药无救，离开了。自此，纳兰容若的人生走入了最为黯淡低落的时期。

三年的同床共枕如梦一场，消散了。卢氏刹那芳华，一回首，大梦已归；一回首，容若美梦已醒。

容若在给好友张纯修的书信中，这样写卢氏下葬：

>亡妇柩决于十二日行矣，生死殊途，一别如雨。此后但以浊酒浇坟土，洒酸泪，以当一面耳。嗟夫，悲矣！

"生死殊途，一别如雨"，短短几个字写尽了纳兰容若当时的心境。

前有表妹的爱而不得，后有卢氏的阴阳两隔，容若的一生历尽情劫。他伤心欲绝，为的是卢氏的青春而逝；他惋惜无比，为的是卢氏生前的时光,他没有更投入一些,与之相爱相依。此后,容若一直没有走出丧妻的阴影,也是因为再也没有遇到像卢氏一样温情、智慧、知性的伴侣。

自此,"悼亡"成为纳兰词的主旋律,深情与哀伤流淌在诗词中,影响了他身后的时代。

卢氏离世

> 谁念西风独自凉，萧萧黄叶闭疏窗，沉思往事立残阳。
> 被酒莫惊春睡重，赌书消得泼茶香，当时只道是寻常。
>
> ——《浣溪沙》

"当时只道是寻常"，热恋时的轰轰烈烈，生死相许，让人动容。但让人刻骨铭心的情爱，却未必都惊涛骇浪、激情澎湃，更多的可能是天长日久的相濡以沫，以及渗透到生活方方面面的微语轻柔。

好的伴侣总是能给对方细水长流的呵护和爱。卢氏幼时丧父，经历过生活的坎坷，体验过生活的心酸，让她自带一份从容和理解，所以能走进容若内心。加上日久天长心甘情愿的付出，这份感情的分量与日俱增，最终成了容若心中无法替代的深情。

作为明珠的儿媳妇，卢氏像极了《红楼梦》中的秦可卿，出殡的仪式盛大。万千哭声中，容若的内心一点一点被抽空。他在繁华和喧嚣中沉浮，慢慢心冷，也在人情俗礼间，活成了行尸走肉。卢氏并没有马上入葬，棺椁停在了双林寺禅院，在这里容若给了卢氏最后的陪伴。

据考证，双林寺应该位于今北京海淀区紫竹院南门内，这里现存有古塔遗址，离容若的别墅不远。明末《帝京景物略》记载："（西域双林寺）寺后一土山，山前一塔，傍皆朱樱。""山前一塔"应该就是容若诗中的双林寺塔。

因为哀伤，容若不肯回府，就在双林寺为自己的妻子守灵，并写下了《忆江南·宿双林禅院有感》：

心灰尽，有发未全僧。风雨消磨生死别，似曾相识只孤檠，情在不能醒。

摇落后，清吹那堪听。淅沥暗飘金井叶，乍闻风定又钟声，薄福荐倾城。

词中写到，生离死别之际，容若内心灰暗空荡。人生无常，带走了如花美眷，终止了他的幸福，也啃噬了他的热情。于是，孤灯伴游魂，愁情萦怀，犹如迷梦不醒。花落花开与他无关，雨丝风片也与他无关，只有寺院的晨钟暮鼓陡然响起的时候，他才意识到自己还在人间。

《涅槃经》中有言："诸行无常，是生灭法；生灭灭已，寂灭为乐。"伤心之下，容若看透世间一切，觉其皆如镜花水月般虚幻，无常才是人生实质，觉得自己除了蓄发，与僧人无异。于是他自号楞伽山人，常伴发黄的经卷，参悟虚无，日日沉浸在心灰意冷里。

诗人梁佩兰在祭悼容若的哀诗中写道："佛说楞伽好，年来自署名。几曾忘夙慧，早已悟他生。"人生失意到底，梦想也跌落到底，内心期许，也在沉痛的思念中零落。浑浑噩噩过了半月，容若形容枯槁，眼窝深陷，已经脱了相。想到卢氏生前种种，他越发伤心，写下了《青衫湿遍·悼亡》：

> 青衫湿遍，凭伊慰我，忍便相忘。半月前头扶病，剪刀声、犹在银缸。忆生来、小胆怯空房。到而今，独伴梨花影，冷冥冥、尽意凄凉。愿指魂兮识路，教寻梦也回廊。
> 咫尺玉钩斜路，一般消受，蔓草残阳。判把长眠滴醒，和清泪、搅入椒浆。怕幽泉、还为我神伤。道书生、薄命宜将息，再休耽、怨粉愁香。料得重圆密誓，难禁寸裂柔肠。

词中，容若向卢氏倾诉，自她离去后，他强打精神做事，无法从失去的痛苦中解脱出来。耳边是妻子剪灯花的声音，眼前是妻子从前的身影，想到卢氏生性胆小，不敢独自待在河岸上的房子里，更是心生无限怜爱。如今爱妻独躺在幽暗的灵柩里，黄泉孤寂，他更不忍心离去。他心甘情愿做卢氏的陪伴者，引渡她的灵魂，甚至幻想着卢氏与他在另一个空间并立。他们依旧一起看夕阳晚照，在回廊中穿梭同行。

然而自欺欺人也有限度，清醒过来，容若又反问自己，热泪和祭祀的酒浆，如果滴在卢氏的心上，能让其重新活过来吗？最终他回味过来，红颜薄命，一点也不由人，阴阳两隔，人鬼殊途，一厢情愿，终究会美梦破灭，于是又泪如雨下。

容若开始自我宽解，怕这样的自我折磨，卢氏黄泉之下看见，会伤心，并责备他不爱惜自己。于是他劝慰自己，不能再耽于儿女私情，应该好好生活。但转念记起和卢氏曾经的约定，不能同年同月同日生，但愿同年同月同日死，再一次不由得肝肠寸断。原来一切只是口头的约定，这些傻话是不能实现的。

所以卢氏离去后的第一个中秋，容若尤其伤心。碧海青天，年年月华如此照耀团圆，而人间的夫妻却要分离，这太不公平了。

为此，他写下了《琵琶仙·中秋》

碧海年年，试问取、冰轮为谁圆缺？吹到一片秋香，清辉了如雪。愁中看、好天良夜，争知道、尽成悲咽。只影而今，那堪重对，旧时明月。

花径里、戏捉迷藏，曾恼下萧萧井梧叶。记否轻纨小扇，又几番凉热。只落得、填膺百感，总茫茫、不关离别。一任紫玉无情，夜寒吹裂。

此夜金风送爽，月华如水，晶莹透彻。繁花映碧，画栏桂影，秋香袭人，如此美好。然而容若却孤身只影，只能在追忆中回想往事。他无法面对旧时明月，这样的良辰美景对他来说，只有刺痛、忧愁、悲咽。

曾经的中秋夜，他和卢氏在花径里捉迷藏。他们欢笑追逐，将金井梧桐的霜叶惊落。卢氏手上拿着轻巧的小纨扇，半是用来遮挡自己，半是扑打余热，如今都只剩回忆。容若呆呆地立在庭院中，百感交集。远处无情的紫玉箫还在悠悠地吹着，他心中的苍凉已漫溢天地。

在反复咀嚼悲伤中，不知不觉卢氏已经去世百日。

纳兰容若在暗夜中独坐良久，写下了著名的《沁园春》：

瞬息浮生，薄命如斯，低徊怎忘？记绣榻闲时，并吹红雨；雕阑曲处，同倚斜阳。梦好难留，诗残莫续，赢得更深哭一场。遗容在，只灵飙一转，未许端详。

重寻碧落茫茫，料短发、朝来定有霜。便人间天上，尘缘未断；春花秋叶，触绪还伤。欲结绸缪，翻惊摇落，减尽荀衣昨日香。真无奈，倩声声邻笛，谱出回肠。

李白在《春夜宴从弟桃花园序》中写道："浮生若梦，为欢几何？"瞬息之间，红颜薄命，物是人非，回想起过往，容若的内心苍老无比。以前卢氏在世的时候，他们夫妻绣榻闲谈，赌书泼茶，雕栏曲处，同倚斜阳，相依相伴。而今，好梦难留，吟咏雅事不再继续，佳人音容渺渺，只剩深夜黯淡，伤心人独坐到天明。

　　凄厉幽怨的笛声从远处传来，都是悲凉。容若在夜色中徘徊，长吁短叹。他望着天上的残月，思绪飘飞了很远，想到自己情意殷切，形容憔悴，难找回曾经的美好，又泪落长夜。《长恨歌》中，失去杨贵妃的唐玄宗即便权倾天下，也无法让爱人重回人间，碧落黄泉，两处茫茫，搜寻不见。世间事覆水难收，人亡花落是平常事，除了让时间抚平哀伤，再无他法。

　　梦中卢氏曾说"衔恨愿为天上月，年年犹得向郎圆"，自此月亮成了容若词作中的主角。他写下了一首《蝶恋花》：

　　　　辛苦最怜天上月，一昔如环，昔昔都成玦。若似月轮终皎洁，不辞冰雪为卿热。

　　　　无那尘缘容易绝，燕子依然，软踏帘钩说。唱罢秋坟愁未歇，春丛认取双栖蝶。

　　卢氏在离别之语中以"月圆"自比，容若爱屋及乌，竟然觉得天上的月亮不但辛苦，而且值得怜悯。它周而复始地走在缺憾里，一月中只有一夜圆满，却不怨怼，不失落，也不纠缠，始终如一地坚守着自我。这般品质，是那样珍贵。

如果人生能像天上的圆月，那么容若心甘情愿做冰雪，增其光辉，永生陪伴。无奈的是尘缘易断，人去楼空，只剩黄土坟茔，只能将心事寄托在幻想中，许下心愿，期待如同神话传说中一样，与卢氏化作蝴蝶，双宿双栖，比翼嬉戏。

从这以后，同是一轮圆月，月光洒落一地，白得叫人心惊的月光给他的感受是这样的：

晶帘一片伤心白，云鬟香雾成遥隔。无语问添衣，桐阴月已西。

西风鸣络纬，不许愁人睡。只是去年秋，如何泪欲流。

——《菩萨蛮》

月色让容若想起的是，夜深人静，妻子软语温存，为自己披上衣袍，两人相依梧桐树影中，如牛郎织女，深情盈盈，私语缓缓。一股哀伤从温馨闲适中升起，缠绵不尽。容若只能心有不甘地低语："只是去年秋啊。"

而那一轮如同弯眉的月，给他的却是另一番心境。

晚妆欲罢,更把纤眉临镜画。准待分明,和雨和烟两不胜。

莫教星替,守取团圆终必遂。此夜红楼,天上人间一样愁。

——《减字木兰花·新月》

往日镜中卢氏的柳眉,恰如此刻的弯弯新月。他将心事托付给这样的夜,认为夫妻二人虽然阴阳两隔,但仍一起守着曾经的誓言,同哀愁,同寂寞,同飘摇零落,永生难忘。

恰如《中国古典文学荟萃·纳兰词》评此词说"新月迷朦新,不尽分明,天上人间,两地愁状",字里行间都是灼灼真情,句句皆是深情涌动。

梦回酒醒三通鼓,断肠啼鴂花飞处。新恨隔红窗,罗衫泪几行。

相思何处说,空有当时月。月也异当时,团圞照鬓丝。

——《菩萨蛮》

都说时间是最好的良药,可对于纳兰容若来说,时间却似乎没有起到多大作用。随着时光流逝,卢氏离去的伤痛不但没有淡去,反而又增加了几分。他在不幸中自我放逐,用酒精麻醉自己,但酒醒后,听到更鼓声,思念又排山倒海而来。

想到和妻子一起度过的无数个相亲相爱的夜晚,此时空有当时的明月，不见旧时之人，一切都无处诉说了。于是又是一场重复的哭泣，又是一场锥心的绝望。人生难在有痴心，也最怕有痴心，这是感情中极难跨越的劫数。所以在之后的三年之内，容若都没有再娶。他持续将自己搁置在郁郁寡欢中，为这段感情写下了多首悼亡词。

比如康熙十六年（1677年）十月四日是卢氏的生辰，容若追忆往昔，写下了《于中好·十月初四夜风雨，其明日是亡妇生辰》：

尘满疏帘素带飘，真成暗度可怜宵。几回偷拭青衫泪，忽傍犀奁见翠翘。

惟有恨，转无聊。五更依旧落花朝。衰杨叶尽丝难尽，冷雨凄风打画桥。

卢氏生日这一天，凄风冷雨，残花飘落，画桥冷清，杨柳颓败，枝叶落尽，一派秋景萧条。容若走进卢氏生前所住的房内，看到亡妻的尘帘飘带、妆奁翠翘等种种遗物，又触发深深的悼念，以至通宵不眠，清泪偷弹。天已经五更，晨光依稀，他下床走到窗前。旧人不见，相思空赴，他怨恨命运，对人生看淡，对这个世界的热度锐减，对一切都兴味索然。

康熙十七年（1678年）七月，卢氏葬入皂荚屯纳兰祖坟。

归来后,容若悲痛欲绝,写下《山花子·林下荒苔道韫家》诉说一腔幽怨:

> 林下荒苔道韫家,生怜玉骨委尘沙。愁向风前无处说,数归鸦。
> 半世浮萍随逝水,一宵冷雨葬名花。魂似柳绵吹欲碎,绕天涯。

一切尘埃落定,尘归尘,土归土,直到这一刻,容若才清醒,明白卢氏再也不能复生。人已魂归碧落,尘缘再难重续。

卢氏停灵一年多的时间里,容若的泪渐渐流尽,只剩空洞的目光。他望着黄昏归来的乌鸦,看它们孤寂、喧嚣、躁动,听它们用凄厉的声音为亡者而歌。

他无奈地宽慰自己,人世间即便如同谢道韫一样才华横溢的女子,也已经没入荒冢,于僻静之地委于尘土。那自己与卢氏的生死离愁,在时间的长河中又能算什么呢?人生原本就是命如漂萍,任由无情风雨摧残,花落水流红。美好的事物太容易被埋没,只剩山河依旧,碌碌人间也就没有什么值得再去在意。还不如任由魂魄如柳絮般飘荡,被悲情的风肆意吹散。

卢氏成了容若心底永远的暗伤，时光穿梭，岁岁年年都难以遗忘。

卢氏去世第三年的忌日，容若在生活的复杂和纠结中，写下的是这样的句子：

此恨何时已。滴空阶、寒更雨歇，葬花天气。三载悠悠魂梦杳，是梦久应醒矣。料也觉、人间无味。不及夜台尘土隔，冷清清、一片埋愁地。钗钿约，竟抛弃。

重泉若有双鱼寄。好知他、年来苦乐，与谁相倚。我自终宵成转侧，忍听湘弦重理。待结个、他生知己。还怕两人俱薄命，再缘悭、剩月零风里。清泪尽，纸灰起。

——《金缕曲·亡妇忌日有感》

直到卢氏离开的第十年，容若的这种悲痛依然没有化开。他曾写过一首《虞美人》抒怀：

银床淅沥青梧老，屧粉秋蛩扫。采香行处蹙连钱，拾得翠翘何恨不能言。

回廊一寸相思地，落月成孤倚。背灯和月就花阴，已是十年踪迹十年心。

苏轼有"十年生死两茫茫，不思量，自难忘。千里孤坟，无处话凄凉"的词句，读来令人痛彻心扉。卢氏去世十年后的纳兰容若何尝没有如此感受。秋雨淅沥，青梧老去，时间里写满的都是不可追。卢氏行踪已灭，曾经经行之处青苔遍布。

旧地重游，他却意外拾得美人遗下的翡翠头饰，也捡拾了刻骨相思，一切记忆瞬间清晰。然而此时此刻，他又能对谁诉说内心的凄凉呢？依旧是相思成灰，也只能沉默，徒然伤感罢了。

默默地独倚回廊，望尽天边落月。他吹灭灯火，走近花荫，月亮下十年前的踪迹依旧，十年前的心意依旧，十年前的热烈依旧，十年前的爱情依旧。

原来感情是不能被时间埋藏的，那时那刻的美好刻在心里，永不磨灭。并且在每个至关重要的时间点上，这种相思和悲情都会被时间拎出来捶打。这是一份随岁月流逝而越发深刻的依恋，也是一份写给时间的契约，更是一份因时光辗转而演变的相守。

卢氏去世后，纳兰容若的心境与以往大不相同，内心越发淡泊。他在自己别墅内的空旷处建造了一座茅屋，用来读书写字，偶尔和朋友下棋，大有隐匿闹市的味道。他自题曰"花间草堂"，"视其凝思惨淡，终合天巧，真若有自得之趣者"，心情大有好转，抑郁低沉之气稍稍减退。

他在《于中好》中写道：

小构园林寂不哗,疏篱曲径仿山家。昼长吟罢风流子,忽听楸枰响碧纱。

添竹石,伴烟霞。拟凭尊酒慰年华。休嗟髀里今生肉,努力春来自种花。

这里仿照山野人家的民居式样建造,有稀疏的篱笆,也有曲折的小径,又以竹石来点缀,遍种山花。

白天容若在这里吟唱《风流子》,到了晚上便在碧纱窗下,与三五知己好友,或者闲敲棋子落灯花,或者诗酒度年华,如此便能稍稍忽略失去卢氏的痛苦,暂时把感叹人生悲凉、无所作为的情绪放下。这是容若生命里的诗意,因为这段诗意的栖居,他还可以在命运的荆棘中辟出一条逃生的路来。

康熙十六年(1677年)秋,顾贞观终于从南方返京。有知己在身边,容若的愁思稍得安慰。顾贞观看了容若的多首悼亡词,颇觉凄凉。诗词皆由性情中来,技巧易学,但是意境格局和遣词造句,却都出自个人心声以及造化,三分给智慧,三分给灵性,三分给敏锐。

这些词动心,动情,艳丽却不妖娆,妩媚却不流俗,开创了词的新境界。所以聂先在《百名家词钞》中评价纳兰词"香艳中更觉清新,婉丽处又极俊逸,真所谓笔花四照,一字动移不得者也"。而顾贞观更是指出,其词"非文人不能多情,非才子不能善怨。《骚》《雅》之作，怨而能善；惟其情之所钟为独多也"。

顾贞观将容若的百余首诗词整理成册，刊行于世，并从康熙十七年（1678年）正月开始，定词集为《饮水词》。《饮水词》收录了纳兰容若在人生变故期的很多作品，每一篇都重视真情实感，戒除矫揉造作，成了纳兰容若的代表作。

据说，"饮水"这个词来源于佛家语"如人饮水，冷暖自知"，揭示的是证悟的境界。而顾贞观曾经有《弹指词》，这个名字也来源于佛经，《法华经》中有"俱共弹指"一语。这样两部作品同源定名，又暗示二人同在一个认知维度，契合了知己之情，具备了兼美之意。而顾贞观对容若，不负所托，也的确达到了知己的境界。

为了让这本词集尽善尽美，并且尽快发行，顾贞观邀请了当时的著名词人吴绮为词集作序，并于康熙十七年（1678年）再次辞别容若，前往吴中刊刻。

吴绮是江苏人，著有《林蕙堂集》。他曾经出任湖州知府，有"三风太守"之称；擅长骈文，有"红豆词人"之称。在《饮水词》的序言中，他这样评价纳兰容若："非慧男子不能善愁，唯古诗人乃云可怨。"

进士及第后的赋闲时光，是纳兰容若文学艺术上的成就之期，除了《饮水词》刊刻，《大易集义粹言》八十卷也完成，而《通志堂经解》的诸序，也在这一时期逐步完成。

命运就是这样，虽然凉薄，但失之东隅，收之桑榆，到底还是有几分残留的暖色，给了容若。

· 第三章 ·

谁念西风独自凉

博学鸿儒

莫把琼花比淡妆,谁似白霓裳。别样清幽,自然标格,莫近东墙。

冰肌玉骨天分付,兼付与凄凉。可怜遥夜,冷烟和月,疏影横窗。

——《眼儿媚·咏梅》

人世浮沉,身不由己,失意和悲痛让纳兰容若的精神世界一片灰暗。但经此劫难,他的内心却逐渐沉淀,最终他学会了如梅花一样,心有傲骨,得失泰然。

就在对这个世界的热情递减的时候,容若却迎来了帝王的一纸委任书。

康熙十七年(1678年)秋冬之际,二十四岁的纳兰容若有了人生中的第一份"工作",入职三等侍卫,开启了"职场生涯"。愿望和现实总是阴差阳错,原本他想去的是翰林院,想任职的是庶吉士，想做的是研究学问。无奈生不逢时，降生在一个崇尚金戈铁马的民族，只能按照八旗子弟早就被划定的轨迹前行——做个武士。

清代的宫廷侍卫分乾清门侍卫、御前侍卫、一等侍卫、二等侍卫、三等侍卫、蓝领侍卫等。容若所任三等侍卫是正五品，供职于内务府上驷院。满洲人无论男女都善于骑马。并且因为骑马，行动高效，他们入主中原以后便订立了一个基本国策：凡从军者，无论兵种，均一人一马。这让饲养马匹成了最重要的事，打理好皇帝出行的御马，更是重中之重。御马归上驷院管理，设阿敦侍卫二十一人，主掌日常骑试、驯化御马，以及在皇帝出行的时候随侍左右。容若便是阿敦侍卫中的一员，专门给皇帝挑选、试骑、驯养马匹。

当时他的好友曹寅恰好在养鹰鹞处当差。后来二人晋升二等侍卫，同在明光宫坐班，曹寅曾在《题楝亭夜话图》中写过数句调笑当年之事的句子："紫雪冥蒙楝花老，蛙鸣厅事多青草"；"忆昔宿卫明光宫，楞伽山人貌姣好"；"马曹狗监共嘲难，而今触痛伤枯槁"。这几句的大体意思是：我在管狗，长得英俊的容若在管马。曹寅调侃的自然不是职业的高低贵贱，而是认为二人都是文人，内心有着文人志向，却做了武将，未免有点错位。

但人生闲置了很久，突然有了事情可干，内心还是快乐的。容若在写给严绳孙的诗中显得意气风发，认为走入皇城的雕梁画壁间，每天可以驰骋马场，生活充实，又想到皇帝早朝的样子，肃穆庄严，很有仪式感。

不过他也有遗憾：一方面"别有怀抱"，志向不在这里，快乐之余未免叹息美中不足；一方面再次与表妹近距离接触，难免尴尬。初恋是难忘的，虽然后来有卢氏抚慰内心，但终究意难平。

据说，容若那首《木兰花·拟古决绝词，柬友》就是这个时候写的。重入官中，故人犹在，但身份有别，不再是当初的模样，也因此才发出了那句千古长叹"人生若只如初见。何事秋风悲画扇"。这时候的容若早已经褪去了冲动，深知皇家制度严格，也明白自己的责任与担当，行为自然成熟稳重，心意掩藏更深。

其实做皇宫内的卫士，极有前途。在容若的时代，能够进入侍卫行列的人员，都是从上三旗中选拔的。很多后来权倾朝野的清代官员，都是从侍卫做起，随后一路晋升。比如，容若的父亲明珠，以及另一位宰相索额图，都曾做过侍卫。所以康熙皇帝让容若和曹寅从侍卫做起，大有栽培他们将来出将入相之意。

除此之外，当时的清王朝统治也走入了转型期。就在容若做侍卫的这一年，康熙下诏，按照唐宋旧制，于正常科举考试之外增设制科取士，在全国范围内征招博学鸿儒，支持在京三品以上的官员以及在外总督、巡抚等大吏荐举天下饱学之士，让他们齐聚京城，参加人才选拔。

容若的朋友朱彝尊、严绳孙、姜宸英更是被康熙点名举荐。康熙对左右侍臣说："朕听说'江南三布衣'才学卓越，不知道他们入仕了没有？"还补充说姜宸英古文功底极为深厚，是当今极为优秀的学者。因此，这个时候容若被启用，大有让其笼络汉臣之意。

容若得到新政策颁布的消息之后，极为兴奋，回到家中便开始给远在江南的朋友们写信，劝他们进京参加考试，为国家效力。他深知严绳孙对这件事情不热衷，便劝谏说"凭君莫做烟波梦，曾是烟波梦早朝"，劝您不要做"烟波钓徒"，独善其身，归隐江湖，最好是把归隐的心暂时放一下，学学范仲淹，即便远在江湖也能心忧天下，为朝廷做事，而博学鸿儒的招募就是最好的机遇。

容若待人一向诚恳，朋友们收到信都认为他说得对。年底，秦松龄、陈维崧、严绳孙、朱彝尊等人陆续进京。其中，陈维崧进京后就住在容若家里，加入编纂《今词初集》的工作。陈维崧虽然年长容若三十岁，但二人交流毫无代沟，极为投缘。陈维崧入京之时，带了一张广东著名诗画僧大汕为他画的小像，并请大家为此画题咏。

容若深知陈维崧以《乌丝词》享誉天下，于是便作了这样一首《菩萨蛮·为陈其年题照》相戏谑：

乌丝曲倩红儿谱，萧然半壁惊秋雨。曲罢髻鬟偏，风姿真可怜。

须髯浑似戟，时作簪花剧。背立讶卿卿，知卿无那情。

这首词写得极为俏皮。容若深知才华是一个人最坚硬的铠甲，所以他以此为起点调侃陈维崧，说他自从《乌丝词》红遍天下，即便"萧然半壁"，也已经惊艳了这个时代，江湖气十足又何妨。他让众人脑补陈维崧写词的场景，醉酒后，头簪红花，身后必然有一个秋波盈盈的女子对其回眸，于是这位年过半百的老者柔情上来了，灵感源源不断，写出了很多绝妙好词。

这番戏谑，寥寥数语就勾勒出一个放荡不羁的形象，引得满堂喝彩。其实，文人大都有江湖气，他们的内心也恰恰由此不受拘泥，灵气爆棚。陈维崧如此，容若如此，顾贞观亦如此。

康熙十八年（1679年）三月，博学鸿儒考试在保和殿举行，由康熙皇帝亲自主持，以《璇玑玉衡赋》和《省耕诗》五排二十韵为题举行御试。当时参与考试的有一百四十三人，最终择优录取一等二十人，二等三十人，组成了皇帝的学术团队。

容若的朋友严绳孙、秦松龄、朱彝尊等人都被录用，授予检讨之职。其中朱彝尊列入一等，不但授予检讨之职，还因为君前应答妥帖，进退有度，很得皇帝恩遇。朱彝尊先是负责编修《明史》，之后被提拔为康熙皇帝的"日讲官"为其讲学，还被授予

"研经博物"的匾额,并获赏田宅。

有点戏剧化的是,一直不想当官的严绳孙因顾忌各方面的关系勉强参加考试,随便写了首《省耕诗》应付,却被授予了官职;而非常想要考中的姜宸英认真答题,却阴差阳错地落第了。真是着意栽花花不发,无心插柳柳成荫!

没考中,对姜宸英来说是一场灾难。他奔着工作的机会而来,未能如愿,生活一下陷入了困境,落魄到三餐难继。容若考虑到姜宸英恃才傲物,有些固执己见,但做人光明磊落,极为耿直,就写了一首《点绛唇》给他:

  小院新凉,晚来顿觉罗衫薄。不成孤酌,形影空酬酢。
  萧寺怜君,别绪应萧索。西风恶,夕阳吹角,一阵槐花落。

词中写到,时间已经到了深秋,天色晚了,寒意倍增,让人顿觉衣衫单薄。与自己的影子对饮闷酒,极为落寞,想到在佛寺中困顿的姜宸英,不由得心生怜悯。天气转冷,连槐花也承受不起这寒风,何况是人呢?于是容若发出邀请,让姜宸英来府上居住。

这等同雪中送炭,让姜宸英极为感动。他一改往日的高傲,接受了容若的邀请。自此二人谈天说地,甚是快乐。后来,容若又让朋友叶方霭举荐,让姜宸英入翰林院撰修《明史》,得食七品俸禄，解决了生活问题。

不久，张纯修发来请帖，邀请容若、陈维崧、秦松龄、严绳孙、姜宸英、朱彝尊、毛际可、梅庚等人前往西山别墅的见阳山庄，参加宴游集会。众人欣然前往。巧合的是，当时众人在潭柘寺游览的时候，遇到了前来游玩的曹宾、朱品方等人，于是两拨人合为一拨，留宿见阳山庄，大开夜宴。

曹宾是曹寅的同族兄弟。此人也是性情中人，带来了丰润曹家酿造的浭酒为大家助兴。文人们以此为媒介，吟诵酬唱，题咏书画，热情极为高涨，盛况空前。唯一遗憾的是，当时所作的诗词没有保留下来。

这次集会后，容若意犹未尽。他很珍惜多人相聚的机会，深知如果不是皇帝宣召，大家凑在一起极难。于是他效法张纯修，邀请朋友们多次相聚，诗词唱和，边交流情感边探讨学问。

容若先是约上姜宸英、朱彝尊、严绳孙、陈维崧、秦松龄六人一起郊游，六人共同创作了《浣溪沙·郊游联句》：

出郭寻春春已阑（陈维崧），东风吹面不成寒（秦松龄），青村几曲到西山（严绳孙）。

并马未须愁路远（姜宸英），看花且莫放杯闲（朱彝尊），人生别易会常难（纳兰性德）。

此时正值暮春，春尽阑珊，几人骑马观花，看春花寥落，内心多有怅然。面对此情此景，陈维崧开了首句。这低沉的气息被身旁的秦松龄察觉，他立刻扭转颓败，接口道"东风吹面不成寒"，认为虽然已到春色末期，但是天气不再寒冷，东风拂面是好的开始。

严绳孙也觉得这一句极好，于是再次将心态放平，认为享受山间幽静，边走边用轻快的歌声助兴，是浪漫唯美的。

姜宸英听了哈哈大笑，豪气顿生。最快意的就是和朋友们齐头并进，诗酒天涯，如今愿望达成，纵然前途未卜，也不算什么了。这种豪放洒脱，正是姜宸英的魅力所在。于是朱彝尊将这豪放再次推进，让大家赏花也不要忘了举杯对饮，不醉不归。容若听了诸人的心声，叹息道，人生离别容易，相聚太难，就应该尽情欢笑，珍惜当下，脱口而出了最后的点睛之笔"人生别易会常难"。

大家归来之后，容若提议，等渌水亭的荷花盛开，便再次相聚，把性情相投的在京朋友都邀请来，效仿王羲之、苏东坡等先贤的豪情，留一段词坛的雅集佳话。众人极为赞同。不久大家如约而至，共聚一堂，再话诗文。

据《渌水亭杂识》记载，此次聚会，除了联句之时的诸人，又邀请了汪楫、张纯修等人入席共饮。

名家云集，游廊赋诗在规则上提高了难度。"当为刻烛，请各赋诗。宁拘五字七言，不论长篇短制。"意思是在蜡烛上刻上刻度，限定时间创作。于是"清川华薄，恒寄兴于名流；彩笔瑶笺，每留情于胜赏。是以庄周旷达，多濠濮之寓言；宋玉风流，游江湘而托讽。《文选》楼中揽秀，无非鲍、谢珠玑；孝王园内搴芳，悉属邹、枚黼黻"。

众人皆放飞自我，即兴而歌，佳句频出。

稍有遗憾的是，此次聚会诗词虽多，但大都失传。唯一有记录的是姜宸英在席间写下的四首五言律诗。正应了那句"此浮生若梦，昔贤于以兴怀，胜地不常，曩哲因而增感"！

然而，果如容若所叹息的那样，"人生别易会常难"。康熙十八年（1679年）的秋天，容若和朋友们的别离接踵而至。

此年秋天，张纯修被任命为江华县令，前往楚地赴任。容若与张纯修相交十几年，平日里私信、聚饮都很多，如今张纯修要奔赴千里之外，二人交流受到地域阻隔，想要见面更是难上加难，容若的内心极为怅惘。为纾解这种情绪，容若在散花楼为张纯修饯行，写下了极为深情的《蝶恋花·散花楼送客》：

城上清笳城下杵。秋尽离人，此际心偏苦。刀尺又催天又暮，一声吹冷蒹葭浦。

把酒留君君不住。莫被寒云，遮断君行处。行宿黄茅山店路，夕阳村社迎神鼓。

此时秋花惨淡，草木凋零，散花楼上，容若酒入愁肠，离愁别绪涌上心头。听着远处胡笳轻唱和城下捣衣之声，单调，重复，更为凄凉。容若很想劝友人再进一杯酒，将其留下，但想到君王诏令严苛，不能任性，只能洒泪分别。

他们的感情太深厚了。张纯修几日不见容若就会说"比来未晤，甚念（最近没见，好想你呀）"。容若给张纯修的手札开头也有"连日未晤，念甚（几天没见，想你得很）"。虽然都是鸡毛蒜皮的小事，要么"你借我的东西"，要么"我请你来看看我的画像"，但琐碎渗透到平常，更为家常，更为温情，回味起来也更为温暖。

温情太多，容若的担忧也更沉重，只能千叮咛万嘱咐，对张纯修事无巨细地叮嘱。张纯修对做官也不是特别热衷，此年出仕已经三十三岁，此去楚地，三藩叛乱还没有完全平息，身为一方父母官，本来责任就很大，在战乱中想把官做好更难。因此容若的牵挂也就更揪心，于是他在《送张见阳令江华》中写道：

　　楚国连烽火，深知作吏难。吾怜张仲蔚，临别劝加餐。
　　避俗诗能寄，趋时术恐殚。好名无不可，聊欲砥狂澜。

为了抚慰友人，张纯修临行之时，容若特意请假，一直送出十里长亭。他将所有的离别凝重都化成了一句话，让张纯修好好吃饭，保重身体，再图其他。这是最简单的话，却最为体贴入心，唯有亲近之人才会想得这样细致。

他们走出了十里长亭，走到了鹧鸪天里，容若写下《菊花新·送张见阳令江华》：

愁绝行人天易暮，行向鹧鸪声里住。渺渺洞庭波，木叶下，楚天何处。

折残杨柳应无数，趁离亭笛声吹度。有几个征鸿，相伴也，送君南去。

此时正是黄昏，远处笛声阵阵，扣人心弦。容若握着张纯修的手说，人世间最无奈的就是别离，最常见的也是别离。意气相投的人经历别离，极为不情愿，此时此刻的心情，难以描述。他很想像古人一样折柳数枝，馈赠友人，但又觉得它们无法代表自己的珍重，唯愿鸿雁随君，一路顺风。

之后，他在给张纯修的信中写下了对友人的鼓励："念古来名士多以百里起家者，愿足下勿薄一官，他日循吏传中，藉君姓名，增我光宠。"

送走了张纯修，又传来了姜宸英的母亲孙孺人去世的消息。姜宸英刚有起色的人生再次跌落，他不得不辞职南下，回家为母亲发丧。容若为朋友的命运惋惜。为父母守孝，一去三年，归来只怕《明史》已修完，再也没有姜宸英什么事了。

当时姜宸英听到母亲去世的消息，痛哭不已，内心十分复杂。这些复杂情绪里有身为人子，不能尽孝的遗憾；有屡试不第，仕途刚刚有了起色又不得不放手的无奈。于是容若便贴心地问姜宸英，什么事让他哽咽哭泣呢？男儿有泪不轻弹，他能如此落泪，定是到了伤心处。

容若备了酒宴，为姜宸英送行，并一直将其送到大运河边，又作《潇湘雨·送西溟归慈溪》相赠：

长安一夜雨，便添了、几分秋色。奈此际萧条，无端又听，渭城风笛。咫尺层城留不住，久相忘、到此偏相忆。依依白露丹枫，渐行渐远，天涯南北。

凄寂。黔娄当日事，总名士、如何消得。只皂帽寒驴，西风残照，倦游踪迹。廿载江南犹落拓，叹一人、知己终难觅。君须爱酒能诗，鉴湖无恙，一蓑一笠。

当夜京城下了秋雨，一夜之间，秋意更浓。面对凄风冷雨，满目萧条，容若心中想到了近千年前王昌龄送别朋友的场景。容若深知姜宸英对此次仕途夭折极为懊恼，就用战国时候寒士黔娄的故事表达同情：如黔娄这般贫寒，即使名士，也难消受。

姜宸英二十年前就已名动江南，只不过因为疏狂，很多人都不愿意与之交往，所以知己难寻。容若贴心地说，你终于可以逍遥处自在，暂时归隐江湖，饮酒作诗，独钓于鉴湖之上。

　　容若写到这里，很是慨叹人生，想到姜宸英曾在自己家里居住，二人在西窗之下秉烛夜谈，交流江南之事，感怀非常，于是写了第三首送别词《金缕曲·姜西溟言别赋此赠之》。

　　　　谁复留君住。叹人生、几番离合，便成迟暮。最忆西窗同剪烛，却话家山夜雨。不道只、暂时相聚。衮衮长江萧萧木，送遥天、白雁哀鸣去。黄叶下，秋如许。
　　　　曰归因甚添愁绪。料强似、冷烟寒月，栖迟梵宇。一事伤心君落魄，两鬓飘萧未遇。有解忆、长安儿女。裘敝入门空太息，信古来、才命真相负。身世恨，共谁语？

　　这一唱三叹的词句，写满了容若对姜宸英的怜惜之情。他追忆姜宸英在佛寺寄居的落魄，头发白了仍功名无望的无奈，用一句"才命真相负"，戳中了古今落魄文人命运波折的痛点。姜宸英伤心沮丧至极，得此恩厚，很是动容。他极为懊悔自己以前的莽撞，此刻才真正理解了容若之心。回到南方以后，他给容若写了一封感情真挚的信，托人带给容若。

　　信中言道：

> 吾兄少都华胄，希风望泽者骈肩接足。乃独轸念贫交，施及存没，使茕然之孤虽不得尽奉养于生前，犹得慰所生于地下，而免于不孝之诛者，此仁人君子之用心。特其身受感激而不知所以图报之方，亦惟有中心藏之而已。

姜宸英坦言自己遇见了很多人，但大都因为其"举头触讳，动足遭跌"，性情太过狂傲，疏远了他。能不计较得失，没有条件、没有索取，待他如同家人的，只有容若一人。他感念这样的礼遇，带着心悦诚服的尊重，也带着人与人交心后的知足，反思了过往种种。他认为自己一直桀骜与狷狂，之前不能体察仁义君子之心，实为不该。此时了悟，却远在江南，已经不能回报，只能将这份深情埋藏心中。

这番推心置腹的表白，让容若也极为动情。他更加惆怅，更加思念几位好友，也更企盼知己顾贞观早日回京相聚。

从康熙十七年（1678年）顾贞观离开，到康熙十九年（1680年）顾贞观回到京城，整整过去了两年。容若反复咀嚼着顾贞观说过的每一句话。想起闲谈的时候，顾贞观曾说非常思念家乡的茅屋，还曾经拿身份调侃，"卿自见其朱门，贫道如游蓬户"，容若有了顾虑。他极为揪心，甚至胡思乱想，生怕顾贞观会因为身份的差别而心存芥蒂，不肯回到京城。

顾贞观关于身份的话，源于东晋僧人竺法深。竺法深师从刘元真，很有慧根，二十多岁就已经能够阐述佛理奥义，摒弃了浮华躁动。永嘉之乱中，竺法深来到建康，被当时的掌权者看中，成为名僧。

名士刘惔见到竺法深被恩遇，心有不平，讥讽他说："道人何以游朱门？"

竺法深平静地回应说："在你眼里这里是朱门高第，在我眼里，和走在茅屋草舍间并无差别。"

容若想到此处，便在渌水亭旁边修葺了三间茅屋，以候顾贞观返京。他以诗代书，写下了《寄梁汾并葺茅屋以招之》，寄给了远在江南的友人：

三年此离别，作客滞何方？随意一尊酒，殷勤看夕阳。
世谁容皎洁，天特任疏狂。聚首羡麋鹿，为君构草堂。

他梦想着顾贞观快点归来，与自己再次聚首，比邻而居。等到茅屋建成，他又写了《满江红·茅屋新成，却赋》：

问我何心，却构此、三楹茅屋。可学得、海鸥无事，闲飞闲宿。百感都随流水去，一身还被浮名束。误东风、迟日杏花天，红牙曲。

尘土梦，蕉中鹿。翻覆手，看棋局。且耽闲殢酒，消他薄福。雪后谁遮檐角翠，雨余好种墙阴绿。有些些、欲说向寒宵，西窗烛。

他对顾贞观说，修建三间茅屋就是为了等你回来，让你觉得这里跟你的家里一样。他认为豪门生活，虽然人人向往，但往往为虚名困扰；能够像海鸥一样自由自在飞翔，随心所欲闲适从容，才是适意的生活。

容若的想象太美好了！

因为世事变幻如梦，周旋红尘俗务是常态，辜负了春天也是常态。能与酒为伴，清幽闲适，需要有一定的经济基础，对于大部分人来说是奢侈的。而热气腾腾的生活就要忙碌，就要喧嚣，就要通人情世故。

扈从出行

> 空山梵呗静,水月影俱沈。悠然一境人外,都不许尘侵。岁晚忆曾游处,犹记半竿斜照,一抹映疏林。绝顶茅庵里,老衲正孤吟。
>
> 云中锡,溪头钓,涧边琴。此生著几两屐,谁识卧游心。准拟乘风归去,错向槐安回首,何日得投簪。布袜青鞋约,但向画图寻。
>
> ——《水调歌头·题西山秋爽图》

康熙十七年(1678年)九月,圣驾前往遵化及景忠山一带巡行,容若迎来了第一次扈从出行。

恭贺容若此行必得皇帝眷顾的人很多。但陪王伴驾,是机遇,也是挑战。作为侍卫,容若并不轻松。容若看似只是一个马倌,实际责任重大。皇帝狩猎或者巡视,极为勤勉,从早到晚都在马背上,有时候一天"更换九至十匹坐骑"。这需要负责马匹管理的人员及时跟进。所以他人眼中的扈从出巡,风光只是一个侧面,更多的时候则是劳心劳力,辛苦非常。

当时严绳孙已经抵京,料想容若第一次出门,必然考验极大,便郑重为其送行,并作《倦寻芳·送成容若,扈从北行》相赠:

> 凤城东去,一片斜阳,千里红叶。便不凄凉,早是凄凉时节。云骢渐抛珠汗渍,桃花鞭影明灭。笑回头,有蒲萄酒暖,当垆如月。
>
> 算此去、金波正满,何处关山,玉笛吹裂。古镇黄花,看即满头须折。扈跸长杨人自好,翠帷未惯伤离别。只归来,古奚囊、尽添冰雪。

满篇都是忧心。这是一个老朋友的挚诚。容若的周围取悦他的人多,真心体谅他的人少。但严绳孙对容若此行却是设身处地地着想。

词中严绳孙写到深秋之际,红叶满山,虽然景色宜人,但也是凄凉的时节。荒野之外,骏马飞驰,翻山越岭,必定连日劳苦。盘算一下,只怕归来之时,已经是寒冬了。容若素有寒疾,又习惯了养尊处优,第一次长途跋涉,或许会吃不消。出门在外,多有变故,他希望容若诸事多加小心,平安归来。

严绳孙感叹容若公务繁忙，又写了《南乡子·再送容若》：

归语太匆匆。刚道看山落叶中。生把马蹄都衬著，猩红。应到重来更几重。

今古望长空。明月山前月似弓。浇酒长城饮马窟，英雄。输与儒生骂祖龙。

这阕词的语气缓和了，格调大异于上一首。这时候树叶虽然全落了，寒意袭人，但想到众人此去是为了狩猎，如同建功立业；又想到明月关山，众人于长城之上，恣意豪饮，高谈阔论，仿佛一群英雄聚会，便不由得钦慕赞叹。

容若对这位老哥哥感同身受的体谅以及由衷的鼓励极为感念，心里暖暖的，在这次行程中，心境悦然，意气风发，壮志豪情漫溢胸膛。他用一首《于中好》记录下自己的感受：

谁道阴山行路难。风毛雨血万人欢。松梢露点沾鹰绁，芦叶溪深没马鞍。

依树歇，映林看。黄羊高宴簇金盘。萧萧一夕霜风紧，却拥貂裘怨早寒。

他在词中说，很多人都认为阴山之路难走，但是当他真正参与到这种大型活动中的时候,他已经完全忽略了环境的艰苦。在他的眼前,万马奔腾,狩猎时禽兽毛血纷飞。豪迈的勇士们所过之处,松树梢上的露珠沾湿了拴鹰的绳索,芦苇深得都没过了马鞍,大家却毫无畏惧。

驰骋之乐,四季之娱,逐鹿天地间,这是苍茫辽阔的大地上史诗般的篇章。草木凋零,猎物清晰可见,人们追逐,呐喊,挽弓,箭矢如同流星。旌旗飘摇威武,他们满载而归,翻身下马,靠着大树休息,实在是极为尽兴。

等到盘点收获,众人围着黄羊等猎物庆祝,更是痛快非常。于是晚上生起篝火,烧烤食物,君臣同乐。他们大碗喝酒,大口吃肉,恣意谈笑,场面热烈。虽然塞上霜风凛冽,寒意袭人,但热血沸腾加上貂皮外套穿得及时,众人嘴上抱怨着冬天来得比去年早,精神却高亢。

归来之后,容若依然扈从康熙前往北京西山圣感寺一带游幸。

西山文化底蕴深厚,古代遗迹很多。圣感寺也是一座古刹,创建于唐乾元初年,历经战乱毁灭后,又于明洪熙元年(1425年)重建,改名为"大圆通寺"。康熙十七年(1678年)在海岫和尚的主持下,寺院再次重建,当时名叫"平坡寺",后来康熙御书"敬佛"二字,更名为现在的"圣感寺"。

在容若的《题西山秋爽图》中,他曾写到西山空山梵音,水月洞天,如同世外桃源,不染尘俗。如果能够在这样的幽静山林归隐,垂钓溪头,弹琴山涧,一定快活无比。现在从画中走到现实,真正走入了西山,他沉浸其中。沐浴着梵音清唱,心居然也慢慢静下来了。

这里山势极为奇特,平坡山顶还有一个"宝珠洞",洞中石头为黑色,上有白点掺杂。砾石胶结,状若巨珠,非常神奇。这些景色引发了容若的兴趣。

早年间容若曾写过一首《望海潮·宝珠洞》:

漠陵风雨,寒烟衰草,江山满目兴亡。白日空山,夜深清呗,算来别是凄凉。往事最堪伤,想铜驼巷陌,金谷风光。几处离宫,至今童子牧牛羊。

荒沙一片茫茫,有桑干一线,雪冷雕翔。一道炊烟,三分梦雨,忍看林表斜阳。归雁两三行,见乱云低水,铁骑荒冈。僧饭黄昏,松门凉月拂衣裳。

据说,宝珠洞曾经是海岫和尚修行的地方。此处地势险峻,站在高处,放眼周边,群山寂寥,衰草连天,佛寺肃穆,僧人的梵音唱和,悠远绵长。容若的内心被禅意和历史撕扯,极为复杂。白天看到古墓荒废破败,就很感慨,夜晚梵音入耳,却又觉得浑身清凉，真是矛盾。

遗迹勾起了容若心底太多的东西。他饱读诗书，对古今之事了若指掌，今昔对比之下，感触自然更深刻。他望着郊外的寒烟，铜驼街和金谷园的兴盛一去不返。时光更迭，过往繁华已成废墟，皇帝的离宫也只剩下牧羊的儿童在这里停留了。山河萧索寥落，荒漠苍凉空旷，是一种历史规律，也是一种人生遗憾。唯有雪山之上，曾经被枭雄们射过的大雕，还在展翅翱翔。

黄昏时分，凉月拂衣，一切都零落成烟云，浓稠的失落也在风中散落。炊烟袅袅、斜阳晚照，归雁三行、铁骑荒冈，这是真实的人间，从来没有所谓的永恒……

在龙潭口，容若被金钲戈矛撞击的声音给震撼了。龙潭口处的风景独特，山势重叠掩映，极为险峻；两边悬崖峭壁，石色青黑，树木荫浓，露湿苔滑。抬头仰望，天空一线，不像是山裂开了，倒像是天裂开了。每当有风吹过，声如雷动，更是惊心动魄。

后来容若曾写过一首《忆秦娥·龙潭口》来描绘此处景致：

山重叠。悬崖一线天疑裂。天疑裂。断碑题字，古苔横啮。

风声雷动鸣金铁。阴森潭底蛟龙窟。蛟龙窟。兴亡满眼，旧时明月。

传说,龙潭口曾是蛟龙的洞府,深不可测。所以潭水汩汩,源源不断地从潭底冒出,经年不干。

容若抬头看天,旧时的明月仍在,但潭口断裂的石碑却残破不堪,爬满了青苔,如同被啃噬,沉淀着被时间带走的真实,无声记录了鲜为人知的兴亡与终结。他不由得感叹,金戈铁马也好,寻常百姓也罢,所谓的经历都不过是一时的跌宕起伏罢了。

从西山归来后,在康熙十八年(1679年)五月间,容若又扈从康熙前往瀛台走寨口、戒台寺,最后驻跸潭柘寺。途经大觉寺,康熙皇帝曾入庙上香。在这座幽静寂寞的禅院中,梵音袅袅,容若的心湖荡起微微涟漪,有一种贯穿身心的愉悦,并写下了《浣溪沙·大觉寺》:

燕垒空梁画壁寒,诸天花雨散幽关。篆香清梵有无间。
蛱蝶乍从帘影度,樱桃半是鸟衔残。此时相对一忘言。

此时是暮春,大觉寺内落英纷飞,到处是花雨,风一吹便如同天女散花一样。銮驾在此,诸人肃穆。寺中空梁上,燕子已垒成三月香巢,佛堂的雕梁画栋清幽安详,僧人们在佛堂安详地做着日课,空气中篆香的烟气似有似无地弥散,唯有画壁千年未变,透出孤独的凉意。

梵音袅袅,容若静听之下心中隐有所动,他的目光投射在翩翩飞过的一双蝴蝶上,心中别有意蕴。蝴蝶飞走,看着被鸟啄过的半颗樱桃,容若怅然若失。

佛说,一花一世界,一叶一菩提,果然夙愿因缘,皆在一念之间。

> 已惯天涯莫浪愁,寒云衰草渐成秋。漫因睡起又登楼。
> 伴我萧萧惟代马,笑人寂寂有牵牛。劳人只合一生休。
>
> ——《浣溪沙》

康熙十九年(1680年),皇帝下诏,由司传宣接管御马,负责皇帝出巡用马之事,容若便短暂地在此上班。

御马大多来自蒙古进贡,御马管理者需要善于辨别,淘汰不合格的,圈养合格的,还需要适时前往塞外官方圈定的牧场去放牧,古北口、柳沟、黄花城等地都是当时官方圈定的御马放养地。而这又要阿敦侍卫前往督牧。所以容若很多时候都在马背上漂泊,他由此调侃自己"已惯天涯"。

在周而复始的奔波中,容若形单影只,有家不能回,有友不能聚。草绿了,天暖了,草黄了,天冷了,陪伴在身旁的只有马匹,塞上空旷,难免有无限羁旅的惆怅。有时候连个说话的人也没有,他也只好无聊地自己调侃自己,唯一的纾解就是登上城楼远眺,看尽大漠风光。

在这种情况之下，容若写下了很多诗词。春天，他前往古北口督牧，在长城上写下《浣溪沙·古北口》：

> 杨柳千条送马蹄，北来征雁旧南飞。客中谁与换春衣。
> 终古闲情归落照，一春幽梦逐游丝。信回刚道别多时。

此时春风十里，杨柳千条，南雁北归。容若登上长城，放眼内外春色，在万马奔腾之间，欣赏游丝软系。他做着孤独的春梦，感伤着自己千篇一律的生活，甚至埋怨没有爱人在身边，无人替他收拾行装，更没朋友与他诗词歌赋。

他不喜欢这样的生活，感到厌倦。鲜衣怒马，青春激扬，在自己喜欢的事情上努力，才是他的渴望。如今他却局限于塞外荒原，消磨了青春，也拉长了时光，自然苦闷。他疯狂地想家。即便自己刚刚请人捎了家信，也不能解除对知己温情和家人相依的渴望。

一天一天就这样熬了过去。只有黄昏时分，落日恢宏无比，他才在这种绮丽的景色中找到些许抚慰，然后打起精神，继续行走在督牧的路上。

夏日，容若和其他侍卫夜宿在柳沟，当时早起赶路，在朦胧的晨光中，他写下了《南乡子·柳沟晓发》：

灯影伴鸣梭,织女依然怨隔河。曙色远连山色起,青螺。回首微茫忆翠蛾。

凄切客中过。料抵秋闺一半多。一世疏狂应为著,横波。作个鸳鸯消得么?

起床之时,天色微亮,银河清浅,织女星在晨光中哀怨,然而军令如山,他只能跨上战马,再次开拔。想到自己半生狂妄虚无,愿望不过是做个平常人,与心爱之人柴米油盐,花前月下,度此一生,却难以实现,不禁凄凉横生。

冬季,他又前往另一个放牧地黄花城,写下了《点绛唇·黄花城早望》:

五夜光寒,照来积雪平于栈。西风何限,自起披衣看。

对此茫茫,不觉成长叹。何时旦,晓星欲散,飞起平沙雁。

黄花镇在今天的北京怀柔北,据《读史方舆纪要》记载,此处乃"黄花镇东第十一关口也",是极其重要的关口。

容若留宿这里的时候,有一天夜半失眠,听到凛冽西风吹来,他便不顾寒冷,披衣起来,登上城楼。遥望塞外,大雪纷纷扬扬覆盖了栈道,寒气剪衣,雪色茫茫无边,将夜色稀释,他不由得慨叹：星星都要散了，惊起大雁孤鸣，夜却如此长，居然还没有天亮！其实哪里是天亮得慢，不过是他内心太苦闷，觉得度日如年罢了。

其实没有谁的工作容易。容若如此，他的朋友也一样。不久，容若收到了来自张纯修的《点绛唇》一首：

> 独倚寒窗，衙斋无处无残破，挑灯且坐，留影相伴我。
> 郢调长吟，那博千人和。君知么？知心谁个，窗外峰如朵。

张纯修到了江华以后，同样面临着一个烂摊子：署衙破败，百姓困顿，满目凄凉，急需战后重建。他既要安抚百姓，又要谋划基础设施的建设，两者都需要付出很大的心力。夜深人静之时，他很怀念在京师与容若隔三岔五相聚的日子。所以，他将自己的苦闷写给了好友，吐槽一下。

容若看到这封书简以后，写道：

> 沅湘以南，古称清绝，美人香草，犹有存焉者乎？长短句固骚之苗裔也，暇日当制小词奉寄。烦呼三闾弟子，为成生荐一瓣香。甚幸。

容若很善于安抚人心。他从另一个角度看过去,认为江华是楚地,一切的诗词都是从屈原笔下的香草美人中走出来的。能到屈原曾经生活过的地方为官,感受楚文化的浸染也是一种幸运。

张纯修看后极为感动,于是绘制了一幅《风兰图》寄给容若。容若收到画后,极为高兴,亦深情题了一首《点绛唇·咏风兰》回赠:

> 别样幽芬,更无浓艳催开处。凌波欲去,且为东风住。
> 忒煞萧疏,争奈秋如许。还留取,冷香半缕,第一湘江雨。

风兰嗜好清幽,极为高贵,自有风姿,受到文人墨客追捧。这种态度,恰恰是一种风骨。所以容若不乏发发牢骚,却只是让一切牢骚终止于吐槽。他做事极其认真,在西苑侍奉圣驾的时候,还曾受到康熙皇帝的赞誉。

据姜宸英《通议大夫一等侍卫进士纳腊君墓表》记载:"尝司天闲牧政,马大蕃息。侍上西苑,上仓促有所指挥,君奋身为僚友先。上叹曰:'此富贵家儿,乃能尔耶!'"

虽然姜宸英没有说明当时皇帝仓促之间做出了什么指挥,但容若比他的同僚要积极,反应更快,这让康熙赞叹,他认为富家子弟中亦有勤勉踏实的好青年。

不久,张纯修因为母亲过世,不得不丁忧守墓,又回到了京城。顾贞观也从南方归来，住进容若为其建造的茅屋，并带来了刊刻好的《饮水词》《今词初集》样本。几人又再次相聚了。虽然因为公务在身，容若不能像过去一样与友人时时见面，但在同一个城市，交流容易了很多，容若极为快乐，待顾贞观更为尽心，与张纯修书信往来频繁。

此间，容若还认识了他人生中另一位极为重要的友人——梁佩兰。梁佩兰也是清初著名的诗人，号药亭、柴翁、二楞居士，广东南海人，"岭南三大家"之一，著有《六莹堂集》。此人渴望功名，屡试不第，考到六十岁才中进士，被选拔为翰林院的庶吉士。此前他长期滞留京师，机缘巧合下和容若相识，因为三观性情相投，二人成了知己。

梁佩兰滞留京师那段时间极其失意，自康熙十八年（1679年）参加进士考试以来，已在京城蹉跎了两年，加入容若的圈子以后，不管是就业信息来源还是生活前景，都得到了很大改善。后来，眼看新一届的考试又要开始，他决定回家看看，于康熙二十年（1681年）离开京城回到了广东。

因为此去一直没定归期，容若极为惦念，便写了《点绛唇·寄南海梁药亭》寄给了梁佩兰：

一帽征尘，留君不住从君去。片帆何处，南浦沈香雨。
回首风流，紫竹村边住。孤鸿语，三生定许，可是梁鸿侣？

容若对好友说，千方百计想要留下你，但是想到这里终究不是你的家，也只好任由你南归。看着孤帆远影，想到你隐居紫竹林，别有风流，心中羡慕。我想那天空飞过的孤鸿，可是你三生的伴侣？

续娶佳人

风絮飘残已化萍,泥莲刚倩藕丝萦。珍重别拈香一瓣,记前生。

人到情多情转薄,而今真个悔多情。又到断肠回首处,泪偷零。

——《山花子》

人间纵有三千疾,唯有相思最难医。转眼之间,卢氏已经离开了三年。根据古代的五服制度,妻子离世,丈夫要为其守齐衰之礼,时间为一年。但卢氏已经过世三年了,容若还没有从悲伤中走出来,更没有纳继室的想法,明珠夫妇很是着急。

康熙十九年(1680年)的春天来了,明珠开始为儿子续娶做准备。容若想拒绝,但三年之礼,相当于为父母守制,如果再不续娶,就说不过去了,他只好接受现实。此时的桑榆别墅落满了柳絮,随风化作水面浮萍。渌水亭中小荷才露尖尖角,容若回忆曾经与卢氏深情,如同池中荷花,藕断丝连,不能忘记,只有暗地里偷洒泪水。他后悔曾经深情,如果不是深情,此刻便不会再恼怒自己另娶他人,新人不见旧人哭,人生薄情。

容若续娶的女子是官氏,也是一位大家闺秀。这个女孩出身瓜尔佳氏,正黄旗,祖上三代都是清朝重臣。她的父亲是光禄大夫少保、一等公朴尔普。朴尔普当时任职领侍卫内大臣,是容若的顶头上司,与容若的家族称得上门当户对。两家缔结婚约,强强联合,相互扶持,未来可期。

婚前,官氏对容若的情况略有了解,当时纳兰词已经风靡京城。她深知这个男人对亡妻用情极深,在结婚最初她也曾效法卢氏,想要得到丈夫的心。因为用心,新婚宴尔,两个人的感情虽然比不上容若与卢氏,但是举案齐眉,还算融洽。

卢氏生前和容若关系很好,两个人曾经共读《紫钗记》,温柔旖旎,也曾经生死相许,执子之手,共抛莲实,表达爱恋。容若曾经写过一组诗词,记录他们的生活,其中两首是这样的——

挑尽银灯月满阶,立春先绣踏春鞋。
夜深欲睡还无睡,要听檀郎读《紫钗》。

水榭同携唤莫愁,一天凉雨晚来收,

> 戏将莲菂抛池里，种出花枝是并头。

后一首诗，诗情画意地写了一对小夫妻花前月下，雨后无事，抛莲子为戏的事。当时二人恩爱，戏谑着说，可能会种出并蒂莲来。谁想当年戏言，居然一语成谶，康熙十九年（1680年）与官氏成婚不久，容若府上的荷花池真就开出了并蒂荷花。

看到并蒂莲花开妩媚，容若大为悲痛，回想起当年事，不由得泪流满面，因而写下了《一丛花·咏并蒂莲》：

> 阑珊玉佩罢霓裳，相对绾红妆。藕丝风送凌波去，又低头、软语商量。一种情深，十分心苦，脉脉背斜阳。
> 色香空尽转生香，明月小银塘。桃根桃叶终相守，伴殷勤、双宿鸳鸯。菰米漂残，沈云乍黑，同梦寄潇湘。

睹物思人，容若觉得这两朵并蒂莲，缠绕偎依，随微风而动，犹如一位倾城美人一样，刚刚舞罢一曲《霓裳》，玉佩叮当，含情脉脉。等夕阳西下，微风再起，莲花双双低头，又如同凌波仙子，低语交流，深情不悔。

这种甜蜜，很锥心。这样的亲密相拥，是容若和卢氏曾经经常做的事。容若凝思独立，直到明月升起还不肯离去，他吮吸着夜风送来的荷塘中醉人的清荷香气，更是沉醉。这时候，一双鸳鸯游了过来，栖息并蒂莲下。容若突然幻想，也许这花预示着卢氏和官氏之于自己，就像娥皇、女英之于虞舜一般生死不弃。

这也一度让容若对官氏心存幻想。

所以出门在外，他对官氏也曾思念。康熙二十一年（1682年），容若跟从康熙到盛京告祭祖陵，并巡视吉林等地，期间他写下了《菩萨蛮》：

问君何事轻离别，一年能几团圆月。杨柳乍如丝，故园春尽时。

春归归不得，两桨松花隔。旧事逐寒潮，啼鹃恨未消。

词中写到容若跟随圣驾远在盛京，这里春天来得晚，杨柳刚刚冒芽，非常寒冷。想到北京已经是三春过尽，自己被松花江阻隔，不能回家，因为经常出差，夫妻团圆的时间不多，容若极为怅惘。于是，往事悠悠如同寒冷的江潮，杜鹃啼血怨恨未消，他对自己的亲人更为思念。

但这样的政治婚姻，是容若期待的吗？肯定不是。而官氏也有独立的人格，她又能够按照卢氏的风格侍奉容若多久？这注定了他们的感情最终不能朝着岁月静好的方向发展。所以可以预想,随着二人对彼此的了解加深,生活琐事上的分歧和家族利益的纠葛越来越多,二人的关系也会发生微妙的变化。

看容若写的这首《点绛唇》:

> 一种蛾眉,下弦不似初弦好。庾郎未老,何事伤心早?
> 素壁斜辉,竹影横窗扫。空房悄,乌啼欲晓,又下西楼了。

卢氏曾经说和容若的感情如同天上的月亮,但这首词中他认为同样的蛾眉月,下弦月比不上上弦月。所以时间久了,他感到了夫妻生活不能心有灵犀的苦闷,并且整夜失眠。他看着白色墙壁上月色的光辉,竹影在窗前摇曳,只好把一肚子的相思都给了月影下的孤独。

在容若写给好友严绳孙的信中,也可以找到类似的蛛丝马迹:

> 弟胸中块磊,非酒可浇,庶几得慧心人以晤言消之而已。沦落之余,久欲葬身柔乡,不知得如鄙人之愿否耳。

这几句话大体意思是说,兄弟的心中如同压着块大石头,不是酒能浇开的,希望能得到一个蕙质兰心的人,希望能终老温柔乡,就是不知道能不能如愿。

可以看出，容若当时承受着极大的压力，婚姻也极其枯燥乏味，心中极为不快乐，想要解脱。他希望得到一位红颜知己，让自己空洞的内心丰润起来。

更让人大感不解的是，在容若的墓志铭上，这位官氏也因为一些未知的原因，"朴尔普"三字被刮掉了，既没有封号，也没有记录在册的详细资料。后来，有人猜测可能是官氏家族获罪，也可能是容若去世的时候，官氏还很年轻，另嫁他人，地位尴尬，才被抹去了存在。

真相无人可知，只能留待未来有新的历史资料出现时再去解密。我们唯一可知的是容若生前与官氏的关系不如卢氏，但也没有和她相互嫌弃。

康熙二十年（1681年）秋天，顾贞观接到了母亲去世的消息。由于事发突然，容若为了让顾贞观尽快赶回去，为其准备了丰厚的丧葬费用，以"麦舟之赠"为顾贞观送行。

"……吾母太孺人之丧，三千里奔讣，而吾哥助之以麦舟。"父母之恩，昊天罔极，做儿子的要在父母生前尽孝，父母去世后为其披麻持服，发丧哭灵，置办祭祀之物，才是全了一生孝义。而容若帮自己做到了。顾贞观因此极为感动，这是家人般的关爱，也是极大的恩情，真是应了古人所言："丈夫会应有知己，世上悠悠何足论。"

顾贞观临行前的夜里下起雨来，秋雨纷纷，凄冷无比，容若牵挂兄长的行程，竟一夜没睡好。于是，他在这个秋雨之夜写下了著名的《木兰花慢·立秋夜雨送梁汾南行》：

> 盼银河迢递，惊入夜，转清商。乍西园蝴蝶，轻翻麝粉，暗惹蜂黄。炎凉。等闲瞥眼，甚丝丝、点点搅柔肠。应是登临送客，别离滋味重尝。
>
> 疑将。水墨画疏窗。孤影淡潇湘。倩一叶高梧，半条残烛，做尽商量。荷裳。被风暗剪，问今宵、谁与盖鸳鸯。从此羁愁万叠，梦回分付啼螀。

入秋以后秋雨绵绵本来是平常事，但是此情此景，容若却认为是大自然体察到了人的心意，濡湿了天地，让送别的气氛更为凄凉。

梧桐树高大，灯烛残尽，细雨声搅乱柔肠，别离之味更重。疏窗上雨水滑下的痕迹，丝丝络络如同画出了一幅水墨画。清晨起来，走到园中，蝴蝶和蜜蜂在雨中乱了方寸，池中荷叶也被秋风吹残。没了荷叶，谁来为鸳鸯们遮风挡雨？知己远行，又有谁来慰藉容若之心？

大运河码头上，容若无限惆怅。在这里他送别了太多友人，严绳孙、朱彝尊、徐乾学、姜宸英……而此年他的朋友外放的外放，离开的离开，尤其多，如今顾贞观又要走了，他自然心情极为沉重。于是,他拉起顾贞观的手,贴心地对这位兄长说:"你将上路远行,旅途劳顿,万事小心,一路顺风。"同时将自己画的一幅肖像赠给了顾贞观。顾贞观打开此画,看到了容若所题的《于中好·送梁汾南还,为题小影》:

握手西风泪不干,年来多在别离间。遥知独听灯前雨,转忆同看雪后山。

凭寄语,劝加餐。桂花时节约重还。分明小像沈香缕,一片伤心欲画难。

词中容若自责,几年来,自己随皇上车驾奔波,与顾贞观相聚的时间实在不多,不能像曾经一样时时促膝长谈。如今好友离去,又不知道什么时候才能相见,他设想顾贞观在家乡,孤灯独坐,听雨凄凉,寂寞难耐,不由得泪流满面。

于是,他深情地规劝兄长,千万不要因为母亲离开想太多,天道循环,这是每个人都要经历的。一定要多吃饭,不要因为思念而变瘦,未来可期,你还有我。来年秋天桂花盛开,你一定要回来,我来陪你,和你重新把酒言欢。

君子之慎,贵有所择,徒有形式的人脉和受欲望支配的野心,都无法让人交到知心朋友。赤诚相待,关系纯洁无瑕,极具人性化,才是成就知己好友的条件。而遇到这样的好友,往往会使我们的人生更圆满。

在分手的运河古道码头，容若对顾贞观失去母亲的心情感同身受，又写了《送梁汾》相赠：

西窗凉雨过，一灯乍明灭。沈忧从中来，绵绵不可绝。
如何此际心，更当与君别。南北三千里，同心不得说。
秋风吹蓼花，清泪忽成血。

一唱三叹，容若内心的情感也酝酿到了高潮。他内心沉重的感伤连绵不绝，于是他再次向顾贞观坦露心迹：二人心有灵犀，距离不是他们的障碍；他只盼着好友此次归去，能够节哀顺变，平安归来。

回家后，容若着手为顾贞观做另一件事——接回吴兆骞。此时的吴兆骞资金到位，九月份得到赦免的诏令，回到北京已经是康熙二十年（1681年）十一月。

因为久居边外，吴兆骞在北京的生活全部由容若安排打理。容若让其暂时居住在净业寺，经常接济钱粮。至此，容若兑现了和顾贞观的五年之约。随后他高兴地给远在南方为母守制的顾贞观写信。除夕，容若得到顾贞观的回信，信中顾贞观同样高兴坏了。他对容若极为感激，并说将在来年正月回京与吴兆骞相见。

容若把顾贞观的信打开又放下,放下又打开,反复看了好几遍。相交几年,他们已经情同家人,一封书信难以写尽二人的情谊,容若回忆起与顾贞观共度除夕,二人曾经一起在画屏上题咏梅花的时光。

顾贞观作《浣溪沙》:

> 物外幽情世外姿,冻云深护最高枝。小楼风月独醒时。
> 一片冷香惟有梦,十分清瘦更无诗。待他移影说相思。

容若和《梦江南》:

> 新来好,唱得虎头词。一片冷香惟有梦,十分清瘦更无诗。标格早梅知。

词中他利用檃栝之法,引用"一片冷香惟有梦,十分清瘦更无诗"之句,赞颂顾贞观品格如同梅花。

时间过得很快,眨眼之间春节已经过去,上元节前夕顾贞观回到了京城。他与吴兆骞洒尽眼泪,对容若是说不尽的感激。容若极力劝慰,顾贞观才情绪平复。

吴兆骞是清初文化圈的骨干人物,这次归来,震惊京城文坛。加之此年又是科举之年，很多文人学士都在年关前后进京，预备科考。容若便邀请他的朋友朱彝尊、陈维崧、严绳孙、顾贞观、姜宸英、吴兆骞、曹寅等共聚花间草堂，为这段曲折的真情画上一个圆满的句号。

正月十五上元夜，花间草堂灯火辉煌，风雅无量。一开始众人各赋《临江仙》一阕，随后在宴会正厅，众人对一排绘制有古迹的纱灯指图作诗词，留下了很多吟咏。

当时容若抽到的图是《文姬归汉》，他便赋《水龙吟·题文姬图》一阕：

> 须知名士倾城，一般易到伤心处。柯亭响绝，四弦才断，恶风吹去。万里他乡，非生非死，此身良苦。对黄沙白草，呜呜卷叶，平生恨、从头谱。
>
> 应是瑶台伴侣，只多了、毡裘夫妇。严寒齑粥，几行乡泪，应声如雨。尺幅重披，玉颜千载，依然无主。怪人间厚福，天公尽付，痴儿呆女。

文姬归汉的故事流传极广。蔡邕是一位博学的文化大家，他的女儿蔡文姬也是一位才女。但是战乱流离，他们的命运极其悲凉。蔡邕曾经隐居山阴，因为董卓一再邀请才再次出仕。没想到董卓被杀，他也死于非命。

而蔡文姬一生三嫁，命运极其波折。第一任丈夫暴病而亡，随后她被匈奴掳走，流落胡地十二年，嫁给左贤王，生育了两个孩子。曹操当政后，念及老师蔡邕之情，才用黄金将蔡文姬赎回。而此时蔡文姬作为孩子的母亲，血缘无法割舍，作为大汉的子民，家国情怀更是锥心，于是在归汉的途中，她感叹自己的命运，写下了悲凉的《胡笳十八拍》。有人说容若的这首词借蔡文姬的典故，对吴兆骞的命运表达了共情。这种身不由己的命运，让容若极为感慨，他也将这种感情全部倾注到了词中。

陈维崧填词的是《柳毅传书图》。他一口气作了四首，大家极为佩服。经此推波助澜，宴会进入高潮。于是，容若和自己的好兄弟曹寅，依照陈维崧的韵脚，分别写下诗词相和。

容若作四首《赋得〈柳毅传书图〉次陈其年韵》：

黄陵祠庙白蘋洲，尺幅图成万古愁。
一自牧羊泾水上，至今云物不胜秋。

花愁雨泣总无伦，憔悴红颜画里真。
试看劈天金镞去，雷霆原恼薄情人。

晶帘碧砌玉玲珑，酒滴珍珠日未中。

> 忽报美人天上落，宝筝筵里尽春风。

> 凝碧宫寒覆羽觞，洞庭歌罢意茫茫。
> 玉颜寂寞今依旧，雨鬓风鬟枉断肠。

《柳毅传书》是根据唐传奇改编的故事。这是一个极具现实意义的故事，书生柳毅不畏艰难，救龙女脱离苦海，是侠义心，也是人性考验。它类似于顾贞观和容若救吴兆骞，也类似于容若誓约顾贞观。所以这几首诗容若写得极为尽兴，也极为尽情。

之后，曹寅作《貂裘换酒·壬戌元夕与其年先生赋》：

> 野客真如鹜，九逵中，烟花刺戟，嬉游谁阻。鸡壁球场天下少，罗帕钿车无数。齐踏着，软红春土。背侧冠儿挨不转，闹蛾儿耍到街斜处。挝遍了，梁州鼓。
> 一丸才向城头吐，白琉璃秋毫无缺，打头三五。市色灯光争映发，平地鱼龙飞舞。早放尽，千门万户。蜡泪衣香消未得，倩玉梅手捻从头诉。细画出，胭脂谱。

此词亦是和陈维崧之作，用的是李白貂裘换酒的故事，可见此次聚会是多么豪放。

这次聚会后，容若和自己的朋友都各奔东西，顾贞观也回到了南方继续守制。姜宸英此时租住在寺院，第二年他依然没有高中。有点悲剧的是陈维崧于此年去世，吴兆骞也没能长寿。

最终欢聚短暂，只凝聚在一个夜晚，宴会后便曲终人散，各自交付命运。

出使梭龙

> 西风一夜剪芭蕉。满眼芳菲总寂寥。强把心情付浊醪。读离骚。洗尽秋江日夜潮。
>
> ——《忆王孙》

容若的词中,除了悼亡词是名篇,边塞词也大放异彩。张草纫在《纳兰词笺注》前言中评价容若的边塞词说:"……写得精劲深雄,可以说是填补了词作品上的一个空白点。"而容若边塞词中的名篇,大部分都是随皇帝东巡和出使梭龙期间写下的。

康熙二十年(1681年)冬,整个大清的政局发生了很大变化。此年清军攻进昆明,吴世璠见大势已去,自缢身亡,历时八年的三藩之乱自此结束。藩王伏诛,海内承平,康熙皇帝便动了东巡之心,于康熙二十一年(1682年)二月前往辽东一带巡幸,告祭先祖,阅览形胜,行围狩猎,同时查看东北边防,预防沙俄侵犯。

此时容若与曹寅都已经晋升为二等侍卫，皇上对他们格外赏识，视为近臣。韩菼记录说："君日侍上所，所巡幸，无近远必从，从久不懈，益谨。上马驰猎，拓弓作霹雳声，无不中。或据鞍占诗，应诏立就。"所以，此次巡行辽东，二人亦随侍左右。

透过容若的诗词可知，他留给人的印象就是个文弱书生。但历史的真实是，八旗子弟马上骑射是必备技能。容若自幼在这种氛围中长大，弓马自然极为娴熟，做武将才是他从小被定制的人生。也恰恰因为如此，容若骨子里一直并存着两种主义：一种是武士的英雄主义，一种是文人的幽思情怀。这让他在对同一事物的认知和理解上一直存在着对立。

容若很倾慕报效国家的仁人志士。三藩之乱期间，他深夜阅读《离骚》，会为孤胆英雄们的忠君挚诚感动。听说刘富川被俘后拒绝投降，自缢殉国的事迹后，他甚至被这种壮烈震撼，写下了《挽刘富川》一首，"谁过汨罗水，作赋从君游？白云如君心，苍梧远悠悠"，认为刘富川的行为和屈原有一拼，值得作歌献赋来告慰忠魂，永为悼念。

然而，当真正跟随皇帝天南海北，巡行寰宇，容若内心的文人情操又跑了出来，成为主导。他厌倦羁旅生涯，想要与家人团聚，想要山水之乐，想要文人聚会，于是对马背生出逃离之心，渴望归隐，渴望远离名利场。但矛盾的是，他始终不能任性，唯一的纾解方式是将自己的苦闷挥洒到诗词中。这些诗词刻画出一个惆怅的多情公子形象，这个公子有一份好家世，却淡泊富贵，有一份好工作，却厌恶周旋。他是伤感的，也是无奈的，更是落寞的，但文学作品之外，他又是豪迈的，器宇轩昂的。

容若就这样矛盾着，于清明节前后，跟随康熙皇帝的车驾从北京出发，经山海关，跋涉千里，开始了辽东巡行。

初春时节的北京，冰雪消融，万物复苏，但越往北，天气越寒冷。大军出发之时，"天气晴和微风动旗，从者溢路观者夹途，顾瞻远迩莫不欢跃"，不久顺利进入山海关，驻跸二十里铺。

康熙皇帝带领近臣，登澄海楼观日出看海。当时高士奇负责记载皇帝起居行程，他在《扈从东巡日录》里写到，当时"海日欲出，朝烟变幻，散若绮霞。接顾之顷，炎然四彻，海光浩淼，极目无际"。面对此情此景，容若作《观海》呈送皇帝，同时写下了著名的《浪淘沙·望海》：

蜃阙半模糊，踏浪惊呼。任将蠡测笑江湖。沐日光华还浴月，我欲乘桴。

钓得六鳌无？竿拂珊瑚。桑田清浅问麻姑。水气浮天天接水，那是蓬壶？

容若被大海吞吐日月的气魄所感，激情澎湃。浩渺的海面上景象奇异，大气折射光线，形成了独特的幻景，似乎有缥缈的山花海楼漂浮在海面上。此时云气迷蒙，楼市若隐若现，模糊迷离，虽不真切，却让人有一种进入蓬莱仙境的感觉。

等海市隐没，月亮从海天相接的地方升起，银辉倾泻，海面上银光闪闪，他竟然豪情万丈，产生了变身巨人，钓起负责驮负海上五座仙山的大鳌的想法。但这个想法很快就被他自己否定了，他还自我解嘲说，大鳌自然是钓不到的，但可以用钓竿蹭蹭珊瑚。

走出山海关，天气却大变。"晓雾溟蒙，咫尺不辨，行乱山中"，"才晴便雨，试暖翻寒"，接着居然下起雪来。在漫天雪花中，浩浩荡荡的车马，任由大漠的冷风抽打，跋涉前行。道路越来越泥泞，越来越难走，眼看风雪越来越大，队伍只好就地扎寨，驻跸行营。

侍卫们立刻分宿四方，轮班"傍扈"，在御营周边打造起一道铜墙铁壁。一时间，帐篷千万，在荒原上连绵，极为壮观。夜深以后，大雪依旧纷纷扬扬，营帐之内点起灯火，雪打灯，人声寂，营房绵延在被风雪笼罩的浩大空间。盛大的空旷之下，人是如此渺小。望着雪落簌簌的荒野，听着耳边的猎猎风声，战马嘶鸣，容若心情激荡，写下了著名的《长相思》：

山一程，水一程，身向榆关那畔行，夜深千帐灯。

风一更，雪一更，聒碎乡心梦不成，故园无此声。

容若的思绪早已经飘远。塞外就是祖先故园，然而容若从来没有回归过。纳兰氏也曾经辉煌，作为叶赫部的主宰，称雄一方。但在被努尔哈赤的建州女真吞并后，叶赫氏便没落了。部族首领被杀，叶赫氏的其他后人臣服清朝，被授予三等副将，世袭佐领，自此跟随清军入关。而正黄旗满洲都统，第三参领第七佐领之职就由容若承袭。

所以辽东是容若的根，是他的精神原乡，但他却成了陌生人，成了过客，这在他心中激起的情感是猛烈的。当他听着簌簌的落雪声，心中丈量的已经不再局限于自我，而是一个部族从首领到臣子，弹指之间的物是人非。

家国天下，山一程，水一程，人生亦是风一程，雪一程。想到这一层，容若的内心无限悲凉。冷月无声，胡笳悲鸣，他摊开手掌，任由雪花落入。伸手拈一片，雪花转瞬化为雪水，他不由叹息，谢道韫怜惜雪花，曾将雪花比作柳絮，但谢道韫之后，能够做雪花知己的人越来越少。于是，他写下了《采桑子·塞上咏雪花》：

非关癖爱轻模样，冷处偏佳。别有根芽，不是人间富贵花。
谢娘别后谁能惜，飘泊天涯。寒月悲笳，万里西风瀚海沙。

在这首词里,他写世人皆爱雪花似花非花,无根无芽,空灵莹洁,若有若无地轻巧飘洒,他却独爱雪花的清冷矜持,于冷僻处自成高格。

而和容若的多愁善感不同的是,康熙皇帝是个心有四海的人。他的内心不曾局限于一寸山河,也不容许失去一寸山河。他不让自我局限于一个皇帝,也不让自我局限于枯燥的奏章案牍。他涉猎广泛,既研读诗书,也钻研战阵,有文人气质,更有武士的坚忍。所以,冰雪未消的第二日,他便诏令侍从,启程前行,并没有因为道路的险阻而停滞。他的车驾经宁远州、锦县、大凌河等地,最后于三月初二抵达了辽河西岸。并且,沿途君臣游猎,吟诗作赋,激情豪迈。

容若因为素有寒疾,身体常感不适,加上内心对长途跋涉很是厌倦,越是往北他心中越是苦恼。等到万帐穹庐,停宿在河畔,躺在广袤的沙漠之上,仰望星空浩渺,苦闷更是一波一波地袭上他的心头。

为此,容若写下了《如梦令》:

　　万帐穹庐人醉,星影摇摇欲坠,归梦隔狼河,又被河声搅碎。还睡、还睡,解道醒来无味。

容若思念亲人,他像一个孩子,心理上任由低落的情绪蔓延,在某个时间段任由无法挥去的阴霾掌控。他以酒遣闷,希望沉醉不醒,让睡眠驱散旅途的劳累和寂寞。但大凌河(狼河)水却一点也不理解人心,它自顾自地惊涛拍岸,一声一声,将容若的美梦搅碎,催促他醒过来面对现实。容若拒绝这样的惊扰,他强迫自己继续沉睡,夜就在这样半睡半醒的挣扎中结束了。

第二日,情绪又好了起来,容若依旧披挂整齐,重新上路,跟随康熙皇帝,过柳条边,一路查看,一路向北。

柳条边是清迁都北京以后,于顺治年间修建的一道防御工事,又称"盛京边墙"。此墙自山海关起至丹东止,墙高三尺,在墙堤上"插柳结绳",设立垛口哨卡和"边门",凭通行证出入。为了增强防御效果,军士们还在墙堤前面挖出沟壕,使得城池固若金汤。

康熙皇帝视察了此处的防务之后,兴致极高,自己诗兴大发,作了《柳条边望月》,同时曹寅、容若也呈送应制诗词。曹寅作《疏影·柳条边望月》,容若作《柳条边》诗:

> 是处垣篱防绝塞,角端西来画疆界。
> 汉使今行虎落中,秦城合筑龙荒外。
> 龙荒虎落两依然,护得当时饮马泉。
> 若使春风知别苦,不应吹到柳条边。

三月二日，康熙皇帝的巡行队伍踏上了盛京的土地。盛京是大清开创基业的地方。据《清史稿·太祖本纪》记载："三月庚午，迁都沈阳，凡五迁乃定都焉，是曰盛京。"圣驾到此，早有当地的官员在此等候，大礼出迎，同时为祭祀提前做好了准备。

康熙在此地主要祭祀福陵、昭陵、永陵。它们并称"盛京三陵"，是大清关外最重要的三座陵墓。福陵位于沈阳东郊，又称"东陵"，是清太祖努尔哈赤及其皇后叶赫那拉氏的陵寝。昭陵位于沈阳城北，又称"北陵"，是清太宗皇太极以及孝端文皇后博尔济吉特氏的陵墓，规模最大。永陵位于新宾，是清朝皇帝的祖陵，规模最小，位置相对偏僻。

此次祭祀，前后一共用了五天，先祭祀福陵、昭陵，最后前往新宾。

有了和先祖的灵魂近距离接触的机会，容若的内心情感激荡。这片神奇的土地，孕育了大清的过去，也成了大清最坚实的后盾。在陪祭福陵时，他写下了这样的应制诗：

> 龙盘凤翥气佳哉，东指斋宫御辇来。
> 影入松楸仙仗远，香升俎豆晓云开。
> 盛仪备处千官肃，神贶承时万马回。
> 豹尾叨陪须献颂，小臣惭愧展微才。

——《兴京陪祭福陵》

祭祀完毕，康熙皇帝像历代皇帝一样，谕示户部和刑部，宣布大赦——山海关以外，及宁古塔等处地方，官吏军民人等，除十恶死罪不赦外，其余已结未结，一切死罪，俱著减等发落；军流徒杖等犯，悉准赦免。

随后，圣驾便即刻启程，前往永陵和长白山祭祀，并至松花江巡行。容若因此写下了《青玉案·宿乌龙江》：

东风卷地飘榆荚，才过了、连天雪。料得香闺香正彻。那知此夜，乌龙江畔，独对初三月。

多情不是偏多别，别离只为多情设。蝶梦百花花梦蝶。几时相见，西窗剪烛，细把而今说。

在遥远的乌龙江上，独对新月，容若开始思念家中的妻子。北京的春天，榆荚如同雪花一样飘飞，而辽东还是凄冷无比。多情人总是渴望温柔乡，渴望情爱抚慰，渴望流浪漂泊的躯体有所系定，渴望与相爱之人相拥相依，共剪西窗烛，诉尽衷肠。于是容若将一腔柔情都浓缩在企盼上，期待巡行早一点结束，回归家园。

行至松花江时，似乎是老天爷有意考验诸人，北风呼啸，天气突然转阴，雨雪连绵，几日不停，给队伍的前行带来了极大的障碍。

高士奇在《扈从东巡日录》中记载：

> 乙亥（三月二十八日），冒雨登舟，溯松花江顺流而下，风急浪涌，江流有声，断岸颓崖，悉生怪树，江阔不过二十丈，狭处可百余步，风涛迅发，往往惊人。晚际云开，落霞远映，山明水敛，凤舸中流。驻跸大乌喇虞村。

道路泥泞，康熙皇帝改乘龙舟，沿松花江顺流而下，冒雨前行。此时恰逢松花江春汛，加上大雨连连，江水暴涨，浊浪滔滔，极为凶险。但康熙皇帝气定神闲，依旧临江捕鱼，情绪高昂，并且于三月二十九日驻跸大乌喇（又写为大乌拉）虞村，在这里停留数日。

君王的精气神是有"传染性"的，他的高昂情绪影响了所有人的气势。皇帝万乘之尊都毫无惧色，作为他的部众，怕什么呢？所以虽然天气恶劣，大家依然在松花江上唱歌，围炉烤鱼。

乌拉边界曾是纳兰氏的聚集地，容若在此地驻足，闲暇时候便四处了解民风，找寻祖辈生活的遗迹。这里的人们用桦木建房，用鱼皮制衣，取乌拉草取暖，种植成排的柳树作为屏障，驯养海东青来捕捉猎物，世代传承。容若见后感叹不已。在驻跸小兀喇（又写为小乌拉）的时候，他将这些感受写入了《浣溪沙·小兀喇》：

桦屋鱼衣柳作城，蛟龙鳞动浪花腥，飞扬应逐海东青。
　　犹记当年军垒迹，不知何处梵钟声，莫将兴废话分明。

　　容若把目光投向了旧日军营留下的防御工事。历史的车轮滚滚向前，战争远去，梵钟声从空中飘来，今昔对比，江山兴替，孰是孰非都成过眼云烟。他暗想，强者胜出，掌握权力，弱者颓败，种族覆灭，都是历史的规律。叶赫氏一族的衰败亦是如此，已经不可追，唯有臣服才是正确抉择。

　　此次巡行，历时七十九天。接连不断的大雨让整个巡行队伍走走停停，在松花江畔耽搁了十几天，极为狼狈。等天气放晴，众人走出泥泞，重回盛京，再返回北京，已经是五月初四，初夏时节了。

　　容若因为侍从关外，回京后被康熙皇帝提拔，以马曹的身份入侍西苑，陪王伴驾。这是极大的恩典，容若对皇帝极为感激。每日跟随皇帝四处走动，生活虽然琐碎，却成了容若生命中极为快乐的时光。此时，好友严绳孙做了皇帝的起居记录官，二人私下里无事，便诗词唱和，容若留下了二十首经典诗作《西苑杂咏和荪友韵》。

　　比如这首：

　　制胜由来仗德威，夜郎何物敢轻违？

河清欲颂惭才尽，空美儒臣赐宴归。

这些诗歌立足于宫廷生活细节的表达，有容若被皇帝重用的意气风发，也有其心底的隐逸伤情，将容若的理想和人格更丰富立体地呈现了出来。

野火拂云微绿，西风夜哭。苍茫雁翅列秋空，忆写向、屏山曲。

山海几经翻覆，女墙斜矗。看来费尽祖龙心，毕竟为、谁家筑。

——《一络索》

安逸的生活并没有过很久，康熙二十一年（1682年）秋，容若又得到康熙皇帝诏令，随从副都统郎坦（又作郎谈），奉使梭龙。

据《圣祖实录》记载："二十一年八月，遣副都统郎谈等率兵往打虎儿索伦，声言捕鹿，以觇其情形，将行，谕曰：罗刹犯我黑龙江一带，侵扰虞人，近闻蔓延更甚，尔竺还时须详察陆路远近，沿黑龙江围径，薄雅克萨城下，勘其居址形势；黑龙江至额苏里、宁古塔察其水路行程，万一罗刹出战，姑勿交锋，但率众弓！还联别有区画。"

史料记载说此次是秘密出行，对外宣谕的是为皇帝捕鹿，实际目的是摸底排查，绘制地形图，拿到第一手的资料。梭龙在今天的什么地区，一直没有定论。有人认为是在今天的黑龙江索伦族的聚集区，也有人认为是科尔沁北部的索伦，还有人认为就是碎叶，即今天的巴尔喀什湖东南。

在官方文件的记述中，参与索伦打虎捕鹿的人员中并没有容若的名字。所以有学者认为"梭龙"和索伦或许不是一个地方。所以"觇使梭龙"成了容若生平一桩疑案，真相到底如何，还需要等待查阅更多的资料来解读。但可以肯定的是"奉使梭龙"这件事一定存在，徐乾学、韩菼所撰纳兰碑文中都有相关记述。

除此之外，《清史稿·性德传》中还记载了纳兰容若的另一件大事："曾奉使塞外，有所宣抚。"并且容若所著《五色蝴蝶赋》中也明确记述他出使西域之事是存在的："……曩余奉使出塞，吉日脂车。晓背阳乌而辒辘，宵瞻元武而驰驱。经途万里之远，径陟大荒之隅。"

更有姜宸英的送行诗《宿燕交·送容若奉使西域》为证据：

吹笳落日乱山低，帐饮连宵惜解携；
别梦已惊千里雁，征心惟听五更鸡。
侍中诏许离丹禁，都护声先过月题；
会看乌孙早入质，蒲桃苜蓿正来西。

这就造成了关于容若生平的另一个疑点:"出使西域"是不是和"觇使梭龙"同时进行,或者说是同一次行动中的两个任务。有学者考证,这两个事件各自独立,"觇使梭龙"是康熙二十一年(1682年),"出使西域"当为康熙二十二年(1683年)秋冬。

寇宗基和马乃骝在《论纳兰成德奉使西域——〈"觇梭龙"新探〉之二》中提到了在《李朝实录》中有这样一段旁证文字:"(清廷)且与大鼻挞子连兵,遣明珠之子领数千兵马往战,如不讲和,期于剿灭云。"并且,据《唆龙与经岩叔夜话》一诗记载,容若的友人,画家经纶也跟从随行,出发的时候,特意为容若画了一幅《楞伽出塞图》,记录了这件事。容若归来以后,在此画上题写了《太常引·自题小照》:

> 西风乍起峭寒生,惊雁避移营。千里暮云平,休回首、长亭短亭。
>
> 无穷山色,无边往事,一例冷清清。试倩玉箫声,唤千古、英雄梦醒。

词中他感叹山河无垠,英气满怀,但都成往事,发出了箫声传情,唤醒英雄的豪言,但看不出他到底去了哪里。

疑案无法定论,但我们能够捋清楚的是,不管他到底去了哪里，康熙二十一年（1682年）和康熙二十二年（1683年）八九月间，容若的两次出行，必经之路都是山海关。三四月间随同皇帝东巡，在风雪交加中跋涉，这两次出行则是秋意萧索，空旷落寞，给人一种无限的寂寥之感。

容若因此写下了《浣溪沙》：

> 身向云山那畔行。北风吹断马嘶声。深秋远塞若为情。
> 一抹晚烟荒戍垒，半竿斜日旧关城。古今幽恨几时平。

塞外苦寒之地，越是向北越是寒冷。没有了之前浩荡车马的喧嚣，在空旷的荒原上，容若所在的队伍撒开了缰绳，纵马在荒原上驰骋。一眼望不到边的荒漠上，战马的嘶鸣声被凛冽的凄风吹散，渺若烟云，人顿时显得渺小无比。

在经过那些废弃的营垒和关隘的时候，容若一行人停了下来。他们在夕阳下伫立，任由金戈铁马的当年，对比孤独向北的现在，黄沙遍地，凄凉空荡，唏嘘之情溢于言表。容若连续写下了两首《蝶恋花》：

> 今古山河无定据。画角声中，牧马频来去。满目荒凉谁可语。西风吹老丹枫树。
> 从前幽怨应无数。铁马金戈，青冢黄昏路。一往情深深几

许。深山夕照深秋雨。

又到绿杨曾折处,不语垂鞭,踏遍清秋路。衰草连天无意绪,雁声远向萧关去。

不恨天涯行役苦,只恨西风,吹梦成今古。明日客程还几许,沾衣况是新寒雨。

秋雨潇潇,模糊了眼眸,容若更看清楚了一种事实。山河大好,你争我夺,谁都没有真正拥有过。古往今来,战乱纷争,烽烟滚滚也好,金戈铁马也好,最终都归于青草孤坟,湮灭于尘土。

不知不觉,策马来到昔日折柳送友人的故地,容若勒马,垂鞭徐行。雨水打湿了他的衣服,凉意入骨,他的心绪开始纷乱,幽思丛生。衰草枯柳,大雁南归,物是人非。天涯羁旅之途,寒凉孤独,自己早已经回不到从前。西风吹碎了容若的梦。

别离之外,羁旅之苦让人心生厌倦,让生活了无生趣。然而,行程还未尽,责任还要继续扛下去。容若又写下了《一络索》:

过尽遥山如画。短衣匹马。萧萧落木不胜秋,莫回首、斜阳下。

别是柔肠萦挂。待归才罢。却愁拥髻向灯前，说不尽、离人话。

成长是有一个过程的，需要时间。从鲜衣怒马的青葱少年，到短衣匹马的青年才俊，容若逐渐长成了一个成熟的男人。

姜宸英的《通议大夫一等侍卫进士纳腊君墓表》中记载，出使梭龙这次行动因为属于机密，很多时候走的都是小路，多有曲折。所以，容若诸人经常行走荒漠，"累日无水草，持干糒食之"，自备食物和饮水，极为艰险。生活让容若学会了断舍离，暂时放下儿女情长；现实敦促他不能回首，只能怀一腔孤勇，一往无前。

容若曾经写过一首《沁园春》：

试望阴山，黯然销魂，无言徘徊。见青峰几簇，去天才尺；黄沙一片，匝地无埃。碎叶城荒，拂云堆远，雕外寒烟惨不开。踟蹰久，忽冰崖转石，万壑惊雷。

穷边自足秋怀。又何必、平生多恨哉。只凄凉绝塞，蛾眉遗冢；销沈腐草，骏骨空台。北转河流，南横斗柄，略点微霜鬓早衰。君不信，向西风回首，百事堪哀。

词中写到，在绝塞的无边荒芜中徘徊，容若神情黯然。没有人烟的塞外,有时头顶苍鹰掠过,还觉得世界有一点活力;有时天空寒云翻滚,无限的孤寂就会漫上心头。有时候,从绝壁下走过,山崖发出轰鸣声,心中就会恐惧忐忑,猜测是不是巨石滚动,昂起头看时什么也没有,又让人怀疑这是不是从万丈深壑里发出的巨响。

行进在大漠中,飞沙走石是常态。但是听别人说是一回事,亲身经历又是另一回事。这给了容若极大的精神触动。身处旷野中,任由战马飞驰,书中记载的历史与眼前的世界产生对照,认知的维度随之上了一个新的台阶。

天山遥远,碎叶城一片荒芜,明妃的荒冢还在,匈奴却早已经在广袤的时空中走散,燕昭王的黄金台也成了乱草岗。王朝更迭也好,英雄末路也罢,被地域拉长,被时间湮灭,在滚滚红尘中连浪花都算不上,一个人的命运更是渺小到连尘埃都算不上了。

容若长叹一声:空怀才华,不被苍天青睐的不只容若一人,胸有大志,天不与长风的也非容若一人,我又何必耿耿于怀,哀叹自己半生命运的错位呢!由此心境大为改变。这是容若人生中极大的转折。此次任务完成后,虽然长途跋涉让其形销骨立,但他的精神却极为亢奋,不但谈笑潇洒,而且胸怀广阔,比之前活得更为通透了!

幸运的是,出使梭龙的时候,旅途虽然艰难乏味,挚友经纶却在容若身边。经纶字岩叔,是一位画家。此人善绘仕女,与容若很投缘，曾经为其临摹过萧云从的《九歌图》画卷。康熙十九年（1680年），容若曾经作《龙泉寺书经岩叔扇》诗相赠：

雨歇香台散晚霞，玉轮轻碾一泓沙。
来春合向龙泉寺，方便风前检较花。

有这样的交情打底，容若枯燥的旅程中有了极大的抚慰。一路上二人相互照顾，交流不停，到达梭龙之后，更是秉烛夜谈，彻夜不倦。同时文友相互交流，容若的学习欲望也被激发。在《唆龙与经岩叔夜话》中，他写道"谁持花间集，一灯毡帐里"，夜深了还在营房中阅读《花间集》。并且，容若一有空闲就"日则校猎，夜必读书，书声与他人鼾声相和"（徐乾学），热情忘我到同营帐的人打鼾都浑然不觉。

此次任务持续的时间不算短，但经纶并没有等到容若等人结束工作，就被皇帝召回了京城。容若依依不舍，被离别触动了愁思，便作《蝶恋花》一词相送：

尽日惊风吹木叶，极目嵯峨，一丈天山雪。去去丁零愁不绝，那堪客里还伤别。
若道客愁容易辍，除是朱颜，不共春销歇。一纸乡书和泪摺，红闺此夜团圞月。

容若写了一封家书，让经纶带给父母妻儿。塞外已经是冬天，树叶落尽，寒风凛冽，积雪覆盖山峦。本来有朋友相伴，工作之余读书聊天觉得时间过得很快；如今无人在身边，容若情不自禁地感叹，只怕容颜憔悴，白发徒增。

此年，容若大部分时间都行走在路上。家中的妻妾和他一样，望尽天涯，人很憔悴。年轻的小夫妻，相互思念是人之常情。他曾经在梦中飞渡关山万里，回到爱人身边。如今相隔千里，只能任由愁思满满萦绕心间。

容若因此写了一阕《浣溪沙》：

> 万里阴山万里沙。谁将绿鬓斗霜华。年来强半在天涯。
> 魂梦不离金屈戌，画图亲展玉鸦叉。生怜瘦减一分花。

容若返回京城，已经是腊月下旬的事了。在经纶离开后的时间里，容若依靠练字、读书、填词，还有记录所到之处的地域特色来打发时间。比如后来的《五色蝴蝶赋》，就是他因感于昆仑山一带的蝴蝶与众不同而写成的。

增长见识，历练心性，行走边塞，让容若再次蜕变，不但让他留下了大量词赋，也让他从紫禁城的园囿中跳脱出来，更加成熟，站在了更客观的角度去看待历史、民族，看待朝代更替、权力纷争。

江南一梦

> 算来好景只如斯,惟许有情知。寻常风月,等闲谈笑,称意即相宜。
>
> 十年青鸟音尘断,往事不胜思。一钩残照,半帘飞絮,总是恼人时。
>
> ——《少年游》

不知不觉卢氏已经去世十年。

十年间沧海桑田,十年间物是人非,十年间功成名就。十年间能忘了许多事,然而,想要忘记一个深爱的人,却很难。时间只是让曾经的悲伤不再激烈,悲声虽止,怅意难平。压抑的情感总在某些特别的时刻决堤,对爱人的追忆和思念,从来都是有增无减。

秋雨连绵,容若彻夜难眠,写下了《秋水·听雨》:

谁道破愁须仗酒，酒醒后，心翻醉。正香销翠被，隔帘惊听，那又是，点点丝丝和泪。忆剪烛、幽窗小憩，娇梦垂成，频唤觉、一眶秋水。

依旧乱蛩声里，短檠明灭，怎教人睡。想几年踪迹，过头风浪，只消受、一段横波花底。向拥髻、灯前提起。甚日还来，同领略、夜雨空阶滋味。

扈从皇帝出巡，羁旅天涯，于塞外得到家书，只轻轻的一句"家中的秋海棠开了"，容若内心的潮水就泛滥到攻城略地：

六曲阑干三夜雨，倩谁护取娇慵。可怜寂寞粉墙东，已分裙钗绿，犹裹泪绡红。

曾记鬓边斜落下，半床凉月惺忪。旧欢如在梦魂中，自然肠欲断，何必更秋风。

——《临江仙·塞上得家报云秋海棠开矣，赋此》

在这首词里可以清晰地看到那种无法排遣的低沉情绪，以及渗透到了骨子里的肝肠寸断。这些低沉，即便是在塞外的空旷里也没有搁浅。它们在容若的眉间停驻，也活跃在他诗词的字里行间。所以他才在羁旅途中慨叹"一往情深深几许"，他才怜惜妻妾"生怜瘦减一分花"，才发出了"百事堪哀"的长叹。

种种挫折，让容若对情感的归属和生命的意识形态都有着不一样的感悟。在《与顾梁汾书》中，容若写道："人各有情，不能相强。使得为清时之贺监，放浪江湖；亦何必学汉室之东方，浮沉金马乎？"

意思是鱼和熊掌不能兼得，放浪江湖和浮沉金马却可以共存。这种恣意豪情让容若活成了"多面人"。在朝堂他是干练的"纳兰侍卫"，在家中他是孝悌两全的"冬郎"，在友人眼中，他又是潇洒至情、体贴温情的"成容若"。但周旋、圆满、尽心，很累。或许正是基于这种心理，容若在自己的私密情感上，更追求完美。

感情上，容若是失意的。他错过了初恋，与现在的妻子只能举案齐眉，不能成为知己，更无法心有灵犀。这让他对知心的原配卢氏更加思念，无限放大三年同床共枕的如胶似漆，写下了很多悼念词，也流下了很多孤独泪。情到深处，他甚至将卢氏画下来，搁置在书房中，幻想着爱妻从画中复活，"为伊判作梦中人，索向画图清夜唤真真"（《虞美人·春情只到梨花薄》）。

画饼充饥，终究无济于事，容若就很想重新寻觅一位可心的红颜知己。他多次在给顾贞观、严绳孙的信中提及，想让他们从江南为他寻一位红颜知己。得知顾贞观前往浙江吴兴，容若便致以书信，牵情问候，同时嘱托说自己"又闻琴川沈姓有女颇佳，亦望吾哥略为留意。愿言缕缕，嗣之再邮。不尽。鹅梨顿首"。

一面是红颜情切,一面是兄弟情深,容若对顾贞观也甚为牵挂。他写下了《菩萨蛮·寄梁汾苕中》:

> 知君此际情萧索,黄芦苦竹孤舟泊。烟白酒旗青,水村鱼市晴。
>
> 柁楼今夕梦,脉脉春寒送。直过画眉桥,钱塘江上潮。

容若是细腻的,他体谅顾贞观的萧索落寞,满腹才情却只能空付江湖之远。他极力描述想象中的江南风物:烟波画船,酒旗飘飘,白烟袅袅,晴空之下,水村鱼市热闹非常,行人往来,生意兴隆。

他遥想友人在船上的舵楼中,自由自在,春寒好梦。而这个舟过画眉桥,看尽钱塘春潮的梦,又何尝不是容若所想?

江南梦,不只容若自己一人在做。康熙皇帝也经常做。康熙是个注重实践的皇帝。行走四海,像上古帝王一样巡察疆域,是他的志向之一。所以江南之行,终是被提上了日程。

康熙二十三年(1684年),清朝在台湾建制,实现了真正意义上的天下一统。翰林院编修曹禾、吏科掌印给事中王承祖等大臣便上书康熙皇帝,希望其效法古代帝王,举行封禅,"登封岱宗,以告成功,以昭盛德事",顺便巡狩,"以勤民事,以光圣治事"。

封禅这件事，据《史记》记载，从先秦时期的帝王就开始了。到了春秋战国时期，因为齐鲁儒士的推崇，更是成了帝王受命于天，治政卓越的一种象征。但很多贤明的君主却认为，封禅更多的是为了满足帝王的骄奢之心。到了明清两代，帝王们只前往泰山祭祀，封禅就被搁浅了。

　　所以，康熙皇帝不是特别热衷封禅。说到底，他认为这是个自己给自己脸上贴金的事，很劳民伤财。像李世民这样的贤德君王都极力推辞，自己熟读历史，是不会入这个坑的。但康熙对巡行天下，"观俗问政"感兴趣。听了大臣的建议，他心有所动，决定巡幸江南，查看河道工事，访察民情，顺便到泰山完成祭祀。

　　容若此时很得康熙皇帝恩遇，仍然在扈从之列。康熙二十三年（1684年）九月二十八日，巡行队伍先到永清县，然后前往泰山。容若是一个非常尽职尽责的侍卫，对皇帝"晷刻无离，时呼在侧"。巡行是因为封禅而起，泰山祭祀是重头戏。但皇帝诏令，严禁因为祭祀泰山扰民，给百姓增加负担更是重罪。

　　康熙一行人先过济南府，赏趵突泉，而后前往泰山，登泰山顶留宿。住在泰山顶上，晚上赏月赋诗，早晨看日出，康熙带着大臣们一起做了很多文艺之事。清朝其他的君王可能没有这样大的兴致，但康熙很不一样，他不但很有文艺范儿，还很学术地写了一篇名叫《泰山龙脉论》的文章，考证了泰山与长白山同出一脉，认为长白山是满族的根，泰山是汉人的精神承载，满汉一家是历史规律。康熙皇帝写这样的文章，政治意图很明显。

泰山是五岳之首，非常巍峨。杜甫望泰山而"齐鲁青未了"，孔子登泰山而"小天下"，康熙皇帝带着众人登上泰山顶峰，却只说了两个字"果然"。果然如自己所憧憬的那样，果然与之前登泰山的先贤是一样的感受。

容若跟从康熙左右，写有《泰山》一诗：

灵符作镇敞天门，群岳称宗秩望尊。
三观峰高擎日月，五株松偃老乾坤。
雕甍贝阙神宫壮，碧藓苍崖古碣存。
远眺齐州烟九点，不知身在白云根。

祭祀完泰山后，容若随康熙皇帝的巡行队伍，经新泰到达沂州，而后沿途巡察河道，并且顺流而下到达江苏境内，视察水道河道以及闸门泄洪等诸多事宜。

公务虽是行程的主流，大家却难以抵挡江南本身的魅力。江南一直是容若心底的刺青，梦里的一纸红笺。这里是他很多知己好友的故乡，有他梦想的红粉佳人。所以当江南以烟雨迷蒙、白墙画船的形象出现在他面前的时候，他如同穿行梦中，只剩下赞叹"江南好"。

为此，他作了两首《浣溪沙》：

十里湖光载酒游，青帘低映白蘋洲。西风听彻采菱讴。
沙岸有时双袖拥，画船何处一竿收。归来无语晚妆楼。

五月江南麦已稀，黄梅时节雨霏微。闲看燕子教雏飞。
一水浓阴如罨画，数峰无恙又晴晖。湔裙谁独上渔矶。

随后，龙舟顺流而下，最终进入金陵，在南京城内停留数日。容若一路随驾行来，一路惊艳不断。为了记录自己的激情和感叹，每到一个地方他都用《梦江南》写下一阕词，留住美好。

江南好，建业旧长安。紫盖忽临双鹢渡，翠华争拥六龙看。雄丽却高寒。

初入金陵，依然可见六朝古都的雄丽，想想这里曾经有华盖亭亭，有帝王六龙车驾飞驰的大气磅礴，不由得生出一种对历史厚重的敬畏之感。

江南好，城阙尚嵯峨。故物陵前惟石马，遗踪陌上有铜驼。玉树夜深歌。

金陵深处，残存的城墙依然巍峨，宫阙高耸，陵前石马仍在，铜驼陌上遗迹残存，后庭花的笙歌依依，皆是曾经繁华的遗迹。

江南好，怀故意谁传？燕子矶头红蓼月，乌衣巷口绿杨柳。风景忆当年。

江南的美，无处不在。它的古朴和沧桑随处可见。燕子矶边的红蓼花、乌衣巷口的绿杨烟柳，风景依旧，但物是人非，六朝旧事、王谢旧族都已经湮灭。

江南好，虎阜晚秋天。山水总归诗格秀，笙箫恰称语音圆。谁在木兰船？

在姑苏的虎丘，容若被醉人的晚秋迷倒。这里山水如画，更有清溪流淌，一叶木兰舟顺流而下，远处飘来笙箫的乐声，优美动听，柔美的吴侬软语，沁人心脾，让人不想离开。

江南好，真个到梁溪。一幅云林高士画，数行泉石故人题。还似梦游非。

走入无锡梁溪，犹如走入了倪云林的画中，行走之间所见一泉一石，竟然有故人题字。容若大有他乡遇故知之感。严绳孙极赞倪云林，也曾经画过此地的风景，如今走到梁溪真实的美丽里，竟然有一种似真似幻，两相交映的错觉。

江南好，水是二泉清。味永出山那得浊，名高有锡更谁争。何必让中泠。

在无锡，有闻名天下的二泉，这里的泉水清澈甘甜。但容若却认为，这样的泉水何必谦让，应该称得上天下第一。

江南好，佳丽数维扬。自是琼花偏得月，那应金粉不兼香。谁与话清凉。

早就听说过扬州琼花，如今到了这里，百闻不如一见。琼花真是美丽，又得到明月的眷顾，清香悠远，谁能不说它芳香迷人？

江南好，铁瓮古南徐。立马江山千里目，射蛟风雨百灵趋。北顾更踟蹰。

走入镇江,最令容若觉得神往的是铁瓮城。随皇帝登上北顾山,立马山头,极目千里,面前是滚滚长江东逝水,淘尽千古风流人物,过往帝王霸业让其赞叹。

江南好,一片妙高云。砚北峰峦米外史,屏间楼阁李将军。金碧矗斜曛。

镇江最为高妙的是山峰林立,山上云雾缭绕,远山近水如同米芾的山水画。在夕阳下,遥望金山寺,金碧辉煌,如同出自李将军的画卷。江南的风景真是太美好了!

江南好,何处异京华。香散翠帘多在水,绿残红叶胜于花。无事避风沙。

最后纳兰总结道,江南的风景与京城差别在哪里呢?其实最主要的就是山明水秀,满眼残绿,满山红叶,胜于二月之花,气候宜人,无须躲避风沙,到处都是泉林志趣。

江南之行给容若的惊艳处实在太多了,山在水中,人在画中,心在闲适中。这是容若最后的人生迷梦,梦境婉约雅致,清丽欢愉,让他依依不舍。

> 无恙年年汴水流,一声水调短亭秋。旧时明月照扬州。
> 曾是长堤牵锦缆,绿杨清瘦至今愁。玉钩斜路近迷楼。
> ——《浣溪沙·红桥怀古,和王阮亭韵》

一路江南山水,一路文物古迹,忙公务,览胜景,容若都没有耽误。

走到汴水,容若感叹非常。当年隋炀帝为了游幸江都,动用数百万民工开凿运河。等到运河开通,隋炀帝带领妃嫔大臣,坐着龙舟南下,锦帆过处,香闻十里,极为奢靡。如今,汴水依旧,两岸绿杨清瘦,而当年隋炀帝统治的强大帝国,修筑来供自己享乐的迷楼,却早已经湮灭于尘埃。

容若望着眼前的扬州,思绪拉远,更为透彻地领悟到人生的意义。不悲不喜,淡然而过,就是最好的时光。等到龙舟靠近无锡,想到可以见到好友顾贞观,他的心情明亮起来。《清稗类钞·师友类》中记载:"成容若风雅好友,座客常满,与无锡顾梁汾舍人贞观尤契,旬日不见,则不欢,梁汾诣容若,恒登楼,去梯,不令去,一谈辄数日夕。"二人交谈数日不倦,可以想象友好到了什么程度。

自从顾贞观为母亲守丧,回到南方以后,他们已经有两年无法见面。但时间和地域没有阻断彼此的牵挂,容若通过官方的驿站,和顾贞观一直保持着书信来往,即便是在出使塞外的途中,

他也以词代信写下了《金缕曲·寄梁汾》:

> 木落吴江矣,正萧条、西风南雁,碧云千里。落魄江湖还载酒,一种悲凉滋味。重回首、莫弹酸泪。不是天公教弃置,是南华、误却方城尉。飘泊处,谁相慰。
>
> 别来我亦伤孤寄。更那堪、冰霜摧折,壮怀都废。天远难穷劳望眼,欲上高楼还已。君莫恨、埋愁无地。秋雨秋花关塞冷,且殷勤、好作加餐计。人岂得,长无谓。

吴江因为顾贞观而刻入了容若的生命中。在陪驾南巡的途中,他一直和顾贞观保持联系。中途京都传来吴兆骞去世的消息,他也第一时间写了书信,告知顾贞观。所以到了无锡,陪伴康熙皇帝登惠山,去漪澜堂品茶结束,容若就到顾贞观的家乡惠山章家坞忍草庵,去寻访好友。

为此,他写下了《病中过锡山》二首。

其一:

> 润州山尽路漫漫,天入蓉湖漾碧澜。
> 彩鹢风樯连塔影,飞鸿云阵度峰峦。
> 泉烹绿茗徐蠲渴,酒泛青瓷渐却寒。
> 久爱虎头三绝誉,今来仍向画中看。

其二：

> 棹女红妆映茜衣，吴歌清切傍斜晖。
> 林花刺眼篷窗入，药裹关心蜡屐违。
> 藕荡波光思澹永，碧山岚气望霏微。
> 细莎斜竹吟还倦，绣岭停云有梦依。

诗中记述了容若随康熙到惠山品茶的事，对无锡如画的风景、卓越的人文环境极为赞誉。无奈身体抱恙不能一一去看，空对着吴歌的温情暖语，荷塘的波光藕色，无限留恋。更遗憾的是，等到了忍草庵，容若才知道，顾贞观已经于数日前离开南方，带着江南才女沈宛前往北京，阴差阳错地错过。考虑到顾贞观带着女眷多有不便，容若便写了一封信交给随从，令其沿大运河北上，从水路追赶顾贞观，护送他们回京。之后，容若怅然良久。他登上顾贞观旧居附近的贯华阁观赏片刻，留下小像，也离开了。

关于容若访顾贞观，在清人赵函的《纳兰词序》和刘继增的《忍草庵志》中，记载了一个不同的版本。这个版本中写到，容若与顾贞观在无锡相遇，二人和友人秦松龄、陈维崧等人在贯华阁赏月欢聚，极为尽兴。但陈维崧在康熙二十一年（1682年）已经去世，所谓的"贯华阁去梯玩月"的佳话，也就子虚乌有，成了杜撰的故事。有学者后来考证容若与顾贞观的书信,见有"扈跸遄征,远离知己,君留北阙,仆逐南云"之语,更是找到了二人并未相遇的实证。

顾贞观北上,未在江南遇到,容若却在金陵城内见到了好友曹寅。

金陵作为六朝古都,很得康熙重视。到达以后,他便亲自前往明孝陵祭奠,感叹非常,写下了《过金陵论》。容若也为历史的厚重所感,写下了这样的诗句:

胜绝江南望,依然画图中。六朝几兴废,灭没但归鸿。
王气倏云尽,霸图谁复雄。尚疑钟隐在,回首月明空。

曹寅的父亲曹玺在当年六月去世,曹寅此时恰在江宁织造府中处理父亲后事,并奉旨协理江宁织造事务。康熙待曹家极为恩宠,六次南巡,四次住在曹家,一次命曹寅扬州接驾。曹玺去世,康熙恰在南巡,在完成了巡行以后,便亲自前往江宁织造府,致奠慰问。容若随之前往,公务之余便私下里与曹寅一起观看了曹玺栽种的楝树,二人在楝亭内谈话到深夜。

《红楼梦》里贾元春省亲一节,曾经借赵嬷嬷的嘴,谈及当年康熙南巡之事。容若造访织造府,焉知不是织造府的另一桩逸闻?很多人都认为,贾宝玉有容若的影子,可能就与此有关。此年冬天曹寅进京，携带《楝亭图卷》请容若等好友题咏，第二年五月，容若就去世了，这种匪夷所思的人生经历，作为红楼故事背景材料的一部分，并不奇怪。

随后，容若便和康熙一起离开南京北上，中途转道山东曲阜孔庙，祭祀孔子，完成了南行最后一个极其重要的环节，于十一月底，回到了北京。

容若因为惦念顾贞观和沈宛，回京之后，交接完公务，便马不停蹄地回到了家中。容若对沈宛极其满意。他见过太多女子，但是有才有貌有情之人，自卢氏离开后，一直没有遇到，能够让他心意相属的少之又少。

据叶恭绰《全清词钞》记载，沈宛字御蝉，浙江乌程人，著有《选梦词》。徐树敏、钱岳编纂的《众香词》，就收录有沈宛词五首，可见其不但有江南女子的婉约清丽，还才华卓越，情致灵秀，一见之下能得容若之心，几乎是意料中的事。

但是美中不足的是，佳人得到了，婚事却被祖宗制度挡在了门外。康熙年间，严禁满汉通婚，即便是做小妾，也要被治罪。况且沈宛出身风尘，身份地位更低，明珠这样的相国府岂能容许这样的女子辱没门楣？所以容若想要将沈宛纳为妾，根本没有机会。

不被父母祝福的婚姻是不幸福的。容若和沈宛的结合看似灵魂契合，找到了最对的人，但在那个唯父母之命是从的年代，却显得极为尴尬。后来,容若不得不在外面租房让沈宛入住,因为有违祖制,连招呼朋友来房子里喝酒,都要小心翼翼。如此一段美好姻缘,只有纳兰的朋友陈见龙作了迎娶沈宛的贺词《风入松·贺容若纳妾》:

> 佳人南国翠蛾眉。桃叶渡江迟。画船双桨逢迎便,希微见,高阁帘垂。应是洛川瑶璧,移来海上琼枝。
> 何人解唱比红儿。错落碎珠玑。宝钗玉臂榜蒲戏,黄金钏,幺凤齐飞。潋滟横波转处,迷离好梦醒时。

词中陈见龙盛赞沈宛的容貌,认为其是洛川瑶璧,海上琼枝,才貌双绝。但沈宛却忧愁倍增,自知身份卑微,与容若难得善终,一直忧心忡忡,愁苦无法纾解。

容若对沈宛极为欣赏,认为沈宛虽然出身风尘,但和一般的水袖歌女不同,才华可以直追李清照、谢道韫,自成高格。

> 月华如水,波纹似练,几簇澹烟衰柳。塞鸿一夜尽南飞,谁与问、倚楼人瘦。
> 韵拈风絮,录成金石,不是舞裙歌袖。从前负尽扫眉才,又担阁、镜囊重绣。

——《鹊桥仙》

容若的眼光是独到的。沈宛的确与众不同，内心世界丰富。但是人活着，限制太多，不能随心所欲，想要活出自我代价极高。

因此，有时候这种丰富也成了一种负累。它让沈宛徘徊在撕裂与成全的边缘，也在世俗和爱情的自由中矛盾挣扎，为悲剧埋下了伏笔。

知己情重

> 彩云易向秋空散,燕子怜长叹。几翻离合总无因,赢得一回偎傍一回亲。
>
> 归鸿旧约霜前至,可寄香笺字。不如前事不思量,且枕红蕤欹侧看斜阳。
>
> ——《虞美人》

最初纳兰容若和沈宛诗词唱和,极为幸福。这时候他们眼中只有彼此的心意相属,情感没有落到生活的柴米油盐中。但是天长日久,容若家人生怕沈宛的事影响容若仕途,极力劝阻,让其放弃与汉族女子的感情。沈宛来到陌生的地方,非常孤独,因思念家乡而郁郁寡欢,这段感情的美好日渐消磨,最后成了鸡肋。

好梦难圆,彩云易散,在与容若相守半年以后,沈宛提出了分手。

沈宛在《菩萨蛮·忆旧》中写下了自己的孤独:

雁书蝶梦皆成杳，月户云窗人悄悄。记得画楼东，归骢系月中。

　　醒来灯未灭，心事和谁说。只有旧罗裳，偷沾泪两行。

容若是宫廷侍卫，平时公务繁忙，与沈宛厮守的时间有限。很多个夜晚，沈宛都是独自一人度过的。有时候，一觉醒来，整个房子里静到压抑。沈宛在此人生地不熟，无法外出，没有朋友，没有家人，容若不在身边，她满腹心事无处可说，只能埋头在旧衣裙里哭泣。

沈宛越来越思念江南故里。梦里是江南的景致，是书信来往，而醒来一切都成为过往，只有孤独的灯火，在静谧的夜色里跳动。被寂寞、孤独蚕食着内心，沈宛开始收拾行装，去意已决。她嘴上说只是看看自己的亲人，容若却感到她这一去，可能就是永别。一开始他并不同意沈宛离开。半年的陪伴，对沈宛他很是依恋，所以他在《菩萨蛮》中写道：

　　惜春春去惊新燠，粉融轻汗红绵扑。妆罢只思眠，江南四月天。

　　绿阴帘半揭，此景清幽绝。竹度竹林风，单衫杏子红。

他想象着沈宛在江南，沐浴着草长莺飞的人间四月天，明媚且春意盎然。花木升腾着热望，四处流淌着生机，直漫至沈宛的房内。她身穿薄衫，一身轻汗，打开妆奁，细细描画妆容，青铜镜中，眉间春情惊艳了时光，也温柔了周围的人。

她会像大部分的江南女孩一样，妆罢春困，微微的杏眼迷离，闲愁倦怠，但又不想辜负一帘春色，于是她换上杏红色的衣服，走出门外，坐上画船，游过杨柳江畔，行到竹林深处，静度时光，消除困乏。这样无比美好的画卷，岂能割舍？

但是沈宛不快乐，被豢养的金丝雀没有自由，没有未来，只有自戕。等待她的是困顿，也是消亡。

她在《长命女》中写道：

黄昏后，打窗风雨停还骤。不寐仍眠久。

渐渐寒侵锦被，细细香消金兽。添段新愁和感旧，拚却红颜瘦。

每一个黄昏和风雨交加的时候，都是沈宛最孤独的时候。容若需要兼顾的太多，没法给她想要的时刻陪伴。她只能独自在寒意里拥被而眠，愁肠百结。即便房间里什么也不缺，她也是惆怅的。

人一旦有心理负担，往往茶饭不思，身体也越来越瘦。沈宛看得很清楚，如果自己再待下去，一定是人亡花落，香消玉殒。

所以，离开是她最好的选择。

　　难驻青皇归去驾，飘零粉白脂红。今朝不比锦香丛。画梁双燕子，应也恨匆匆。
　　迟日纱窗人自静，檐前铁马丁东。无情芳草唤愁浓，闲吟佳句，怪杀雨兼风。

——《临江仙·春去》

　　她表明心迹说，主管春天的青帝总是让春天匆匆，美好的事物转瞬间就消亡，百花落尽，春也到了尽头，梁上的燕子都很惋惜。她的春梦碎了，去意决绝。光靠吟诵诗词来度过每一天，浓愁是化不开的。

　　这种透彻心扉的领悟，让容若最终选择了放手。他当沈宛是省亲，让其归去，劝慰自己说她还能回来，自己又何必执念。

　　沈宛自大运河乘舟而来，此次亦是随运河漂流南下，孤帆远影，自此二人两地相思。沈宛写下了《一痕沙·望远》：

　　白玉帐寒夜静，帘幌月明微冷。两地看冰盘，路漫漫。
　　恼杀天边飞雁，不寄慰愁书柬。谁料是归程，怅三星。

沈宛对容若是不舍的。灵魂的相知极难相遇，是前世今生的缘分，然而相遇相知却未必能够相守。横在他们中间的不是情感障碍，而是身份天堑。这道天堑直到清朝末年，才因为时代的发展，经由慈禧太后废黜，沈宛、容若终究是等不到的。

他们都是极其智慧的人，早就洞悉了世事：与其让情分耗尽，倒不如做个折中。两地依旧同看一轮明月，间或书信交流，当作慰藉，相互支持，自此相望相亲，走完后面的人生，也是美好的选择。

离开，让二人的思念更重，漫漫长夜里，数不尽的思念和遗憾，都化作梦境，化作虚幻的相遇。容若无数次梦到自己曾经深爱的女子，于卢氏如此，于沈宛亦如此：

欹角枕，掩红窗。梦到江南，伊家博山沉水香。湔裙归晚坐思量。轻烟笼浅黛，月茫茫。

——《遐方怨》

沈宛回到江南以后，给容若写了一封长信。容若读着沈宛的信，泪流满面。他反反复复看着沈宛写下的每一个字。读信的人情长，信似乎也变长了。沈宛写了一首藏头诗，调皮地用眉笔蚀去藏头诗的第一个字，让容若猜心思，甚至赌气说自己不再回家，让容若不要想她。容若的心，被这样的柔情蜜意融化了。他喜欢听情话，享受这游戏间的两情相悦，也享受将自己的心安放于一个与自己有情感共鸣的人身上。

沈宛虽然赌气说让容若不要思念她，但是相思哪里是挡得住的？那些娟秀的字迹成了沈宛的化身，跳跃着沈宛的愁眉，藏着沈宛浅浅的笑意，也能隔空传来沈宛弹奏古筝的飞扬相思，成了抚慰容若情感的灵药。

他写道：

乌丝画作回纹纸，香煤暗蚀藏头字。筝雁十三双，输他作一行。

相看仍似客，但道休相忆。索性不还家，落残红杏花。

——《菩萨蛮》

容若在春日的残花飘飞中，尽情地想念一个人，任由相思蚀骨，任由花谢花飞。动了心的情，做不到毫无牵挂；分隔两地，不见面不代表不思念。即便未来真的有缘无分，陌路天涯，依旧念念不忘。

公务之余，容若也会前往曾和沈宛相依相偎的小院。在这里，他采撷一粒红豆，儿女情长，淌尽了爱而不能长相厮守的情泪，也纾解了内心因为官场倾轧而产生的焦虑和压力。唯一让容若觉得不祥的是，沈宛玩笑间所说的不回来，或许会一语成谶。

他写下了《南乡子》:

　　烟暖雨初收,落尽繁花小院幽。摘得一双红豆子,低头,说著分携泪暗流。
　　人去似春休,卮酒曾将酹石尤。别自有人桃叶渡,扁舟,一种烟波各自愁。

词中容若借用《江湖纪闻》中的石氏女典故来比拟自己。石氏女嫁给尤郎为妻,夫妻二人感情极好。尤郎以经商为业,经常远行,石氏想要阻挡,但是没有成功。后来有一次尤郎外出时间太长,石氏女相思成疾,与世长辞了。

去世前,石氏女还在痴心:"吾恨不能阻其行,以至于此。今凡有商旅远行者,吾当作大风为天下妇人阻之。"从此"石尤风"成了海上阻人航程的大风的代名词。没想到,容若竟然一语成谶,沈宛还没有从江南归来,他就与世长辞了。最终这场情爱也破灭,沈宛乘船离去成永诀,二人从两地各自忧愁,变成了天人永隔,一生情断。

而容若并不知道,此时沈宛已经怀有身孕。

一个人的幸福指数,往往与两件事相关:一是感情,二是事业。

康熙二十四年（1685年）的容若，内心写满了复杂。在个人感情上，他与沈宛因为彼此身份的差距，被生生拆散，以致沈宛暮春离去，他极为孤独。在职业生涯上，因为官场内讧，朋友的牵连，他斡旋其中，千头万绪，好不纠结。

明珠在朝中的权力越来越大，支持派和反对派的分化与相互倾轧也越来越激烈。容若的老师徐乾学从最初站队明珠，演变为和明珠结怨，关系微妙。容若夹在中间，周旋极难。祸不单行的是，容若的朋友们也接二连三地出事。

容若的渌水亭文化圈，曾经来过一位名叫徐嘉炎的客人。此人是朱彝尊的同乡，也是博学鸿儒科的举子，经朱彝尊介绍加入渌水亭词社。文人会文人，本来是挺好的事，但徐嘉炎因为和朱彝尊闹得不愉快，渐渐被渌水亭词社的人疏远，以致绝交。顾贞观不但在《今词初集》中不录用一首徐嘉炎的词，还极为不齿其为人。后来徐嘉炎与高士奇结盟，这份纠葛，也成了官场倾轧的诱因。

高士奇出身贫寒，原本是街头卖字画的，幸亏遇见明珠，得以入府，做了容若的书法老师，有了改变命运的机会。后来高士奇经明珠举荐进入南书房，陪王伴驾，成了皇帝的近臣，青云直上。不过高士奇虽然字写得好，学问却不如容若、朱彝尊、姜宸英、秦松龄等人，博学鸿儒的出身也是皇帝赏赐给他的。容若虽然与之多有唱和，但大家都心知肚明，高士奇才学一般。

如果高士奇安分守己，也就算了，没想到他居然无限膨胀，借用徐嘉炎等人代写《春秋地名考略》，用这样的"才学"到处招摇，引发了词科举子的不满，让朱彝尊等人对他品格的评价大打折扣。于是，朱彝尊就写了诗词讽刺高士奇，二人因此结怨。而康熙东巡，高士奇想请徐乾学、秦松龄为《扈从东巡记》作序，秦松龄没答应。

徐嘉炎和高士奇都成了被渌水亭屏蔽的人，二人有了共同的怨愤，便开始谋划如何杀杀朱彝尊、秦松龄等人的威风。康熙二十三年（1684年），他们等来了机会。秦松龄升任顺天乡试的主考官，高士奇就从中作梗，借抽取试卷中有文体不正、文理悖谬现象，趁机生事，将秦松龄治罪。同时，掌院学士牛纽因朱彝尊私自让人进入皇家藏书馆抄录书籍而弹劾他，高士奇也借机煽风点火，让其以"泄露"之名获罪镌级。

容若与这些朋友都交往甚密。此时他只得低声下气，借助父亲和高士奇曾经的情分，从中疏通关系，总算让秦松龄免于牢狱之灾，保住了性命，朱彝尊虽然降级，但得以脱离是非之地。但唇亡齿寒，好友们接二连三被高士奇整治，让严绳孙没有了安全感。本来他就不想当官，如今更不想了。他以年老为由，向康熙皇帝提出辞职，"奉假南归"，平安身退。

康熙二十四年（1685年）四月，严绳孙来向容若辞行。二人促膝长谈，"相与叙生平之聚散，究人事之始终。语有所及，怆然伤怀"。二人对诸多事件的源头心知肚明，严绳孙失望，容若也失望。诸事纷杂，容若写下了《金缕曲》：

> 未得长无谓，竟须将、银河亲挽，普天一洗。麟阁才教留粉本，大笑拂衣归矣。如斯者、古今能几？有限好春无限恨，没来由、短尽英雄气。暂觅个，柔乡避。
>
> 东君轻薄知何意。尽年年、愁红惨绿，添人憔悴。两鬓飘萧容易白，错把韶华虚费。便决计、疏狂休悔。但有玉人常照眼，向名花、美酒拼沈醉。天下事，公等在。

容若深知严绳孙名为养老，实为弃官，因此不再执念挽留，任其自去。虽然说人生不能长期无所作为，应该积极入世，尽力发光发热，让世道清明，功成名就后再拂衣而去，远遁江湖；但是古往今来活出这种姿态的人少之又少，大部分人都是被各种挫折复杂折磨得够呛，想要逃离。

所以严绳孙想离开，无可厚非。退步抽身，遵从内心，过豪放不羁的生活，佳人在侧，醉卧温柔乡，又何妨？天下的事，自有它的规律，搭上身家性命去拼，往往就得不偿失了。容若内心清楚伴君如伴虎，理解这种胆战心惊的苦，因为他自己每天都在经历这样的事情。比如，此年三月皇帝寿诞之日，康熙就御笔亲书了一首贾至的《早朝》，送给纳兰性德：

银烛朝天紫陌长,禁城春色晓苍苍。
千条弱柳垂青琐,百啭流莺绕建章。
剑佩声随玉墀步,衣冠身惹御炉香。
共沐恩波凤池里,朝朝染翰侍君王。

历史上贾至和其父贾曾,曾经一起侍奉唐玄宗,做过皇帝的近臣。父子二人都曾经执掌皇家的文书,深得玄宗信任。后来安史之乱爆发,唐玄宗被迫传位给儿子时就曾经说过"两朝盛典出卿家父子手,可谓继美"。

康熙皇帝以这样背景的诗词,赏赐同在朝中为官的纳兰父子,寓意不言自明。这是要让他们传承美好,父子同心协力为朝廷效力,又旁敲侧击提醒他们别学贾至犯下错误。容若接到这样的赏赐,喜忧参半,摸不透是皇帝想重用他们父子,还是借此敲响纳兰家的警钟,自然压力陡增,行事更为小心。

所以,严绳孙的归隐,无异于一种解脱,是容若可望而不可即的。启程之日,容若推开繁忙公务,前往相送,写下了《水龙吟·再送荪友南还》:

人生南北真如梦,但卧金山高处。白波东逝,鸟啼花落,任他日暮。别酒盈觞,一声将息,送君归去。便烟波万顷,半帆残月,几回首,相思否。

可忆柴门深闭，玉绳低、剪灯夜雨。浮生如此，别多会少，不如莫遇。愁对西轩，荔墙叶暗，黄昏风雨。更那堪几处，金戈铁马，把凄凉助。

词中写到：人生如梦，天南海北，友人相聚，深夜闭门，彻夜长谈。而今又是天南海北，彼此分离。容若感叹曾经是如此美好，理解严绳孙南北漂泊，四处奔走，如今回到故土，算是落叶归根，衣锦还乡。

他想象归隐后严绳孙有了足够的时间，看大江东去，观花开花谢，听鸟啼蝉鸣，并寻幽探步。同时他遗憾自己与友人自此山水相隔，不能再把酒言欢，也不能再说知心话，极为惋惜，极为凄凉，极为孤独。而容若能为友人做的最后一件事就是不再挽留。

送走了严绳孙，只剩下顾贞观，容若更加珍惜这份友情。

在陪同康熙于无锡惠山品茶的时候，容若偶然得到了一卷题为《竹炉清咏》的诗画合卷。容若发现此画为明代画家王绂绘制，因此判断此画"实听松（庵）故物"，便带回了京城。

容若极爱古画。他的一生除了写诗词，做学问，出版学术论著，就是搞收藏。琴棋书画为文人带来性情的滋养。如果钱财充裕，很多文人都会收藏一些书画作品。容若就曾经收藏过苏轼的《黄州寒食诗帖》、阎立本的《步辇图》、李公麟的《二马图》、李得柔的《蓝采和图》等等。所以容若拿到《竹炉清咏》图卷以后，极为爱惜。

自明代洪武年间开始，在无锡惠山就流传着关于以听松庵竹茶炉为主题的文人集会"竹炉清咏"的故事。当时的惠山寺住持性海嗜好品茶，深谙好茶需要配好水，更需要好的茶炉来烹茶。惠山泉水名列天下第二，水质极佳，独缺好茶炉，他极为遗憾。

有一位湖州的竹工，是位巧匠，就用湘妃竹为其制作了上圆下方，类似乾坤壶的竹茶炉。这只竹子做的茶炉，外边竹编，内胆石制，精巧无比，契合了文人清幽、精致且闲适的雅梦，让性海住持爱不释手。恰逢当时著名画家王绂回乡养眼疾，约了著名中医潘克诚来拜访性海。性海住持就用竹茶炉烹茶相待，三人品茶谈天，极为快意。

王绂见茶炉精巧，大加赞赏，激起了挥毫泼墨之意。他将当日品茗赏炉的事画了下来，同时赋诗一首，题款"九龙山人王绂为真性海上人制"，让性海珍藏。在此之后，性海又邀请王达、陶振、谢常、韩奕等名流齐聚惠山，以竹茶炉为主题填词作诗，并在王绂的画上题咏，拉开了"竹炉清咏"的序幕。

这场因竹茶炉而起的文化盛宴，前后推动过六次大型的文人雅集，性海的"竹炉清咏"、秦夔的"复茶炉唱和卷"、盛虞的"竹炉新咏"、唐寅和祝枝山的"竹炉新咏续"、顾贞观的"竹炉新咏续"，乾隆皇帝的"竹炉新咏"。

康熙二十三年（1684年），家在无锡的顾贞观还原了听松庵的竹茶炉，但独缺当年的图卷，多有遗憾。没想到，在带着沈宛前往京城之后，他在容若这里看到了《竹炉清咏》的图卷。顾贞观便将自己重制竹茶炉的事告诉了纳兰容若。文人相惜，多么贵重的东西都可以割爱。容若认为重制竹茶炉，让竹炉新咏延续，这是千古流芳的事情，就写下了《题竹炉新咏卷》一首，并将图卷赠予顾贞观：

> 炉成卷得事天然，乞与幽居置坐边。
> 恰映芙蓉亭下月，重披斑竹岭头烟。
> 画如董巨真高士，诗在成宏极盛年。
> 相约过君同展看，谈交终始似山泉。

顾贞观看罢，非常感动。他将"积书岩"改名为"新咏堂"，并请纳兰性德题写了"新咏堂"横匾，以示纪念，再次牵起了酬唱吟咏的文人集会。康熙二十五年（1686年），顾贞观携带竹炉和图卷去拜访朱彝尊，约了姜宸英、周青士等人在海波寺吟诗联句，重现当年"竹炉新咏"的聚会。

唯一遗憾的是竹炉和图卷齐全，容若却没有等到竹炉茶文化盛会的再次举办，就溘然长逝了。

容若生前曾经写过一首《荷叶杯》：

知己一人谁是？已矣。赢得误他生。有情终古似无情，别语悔分明。

莫道芳时易度，朝暮。珍重好花天。为伊指点再来缘，疏雨洗遗钿。

这可能就是容若一生最大的幸运。与人交往无不付出真心，一生只有朋友，没有敌人。他的知己好友都感念这份至情，于是，竹炉新咏的雅集上，大家用将容若题写的诗句抄录于图卷的方式，替他完成了参与，弥补了缺憾。

离世——人间自是有情痴

康熙二十四年（1685年），纳兰容若送别了一个又一个知己，却没料到自己的人生已进入尾声。

长久跟从皇帝巡视四海，劳碌奔波，容若的免疫力急剧下降。而他的心，不在健康上，专注的却是自己在学问上没有突破。这成了他心上的一颗朱砂痣。

容若认为"处雀喧鸠闹之场，而肯为此冷澹生活，亦韵事也"。

他对朋友们说："吾倘蒙恩得量移一官，可并力斯事，与公等角一日之长矣。"

容若盼望着结束这种奔波的生涯，好将精力转到做学问上，甚至筹划着编纂一套词集。当时他的友人朱彝尊已经编纂了《词综》，但是容若和朱彝尊编纂书籍的初衷不一样。他认为《词综》太过宏大，所选诗词太多，失去了精巧。他主张用心来挑选有代表性的诗词作品，编纂刊行，让大家去芜存菁。

于是他写了一封信给好友梁药亭：

仆少知操觚，即爱《花间》致语，以其言情入微且音调铿锵，自然协律。唐诗非不整齐工丽，然置之红牙银拨间，未免病其版橺矣。

从来苦无善选，惟《花间》与《中兴绝妙词》差能蕴藉。自《草堂词统》诸选出，为世脍炙，便陈陈相因，不意铜仙金掌中竟有尘羹涂饭，而俗人动以当行本色诩之，能不齿冷哉……

——《与梁药亭书》

《与梁药亭书》是纳兰容若词论方面极为重要的作品。容若认为《花间词》以情为主，音律铿锵，自然抒怀，是最好的词。所以他渴望友人梁佩兰能够来京城和他一起，选取这样一部分词，编纂成册，刊行于世。

梁佩兰屡试不第后，就淡了心性，把精力都放在了游山玩水上。接到容若言辞恳切的信，便不辞辛苦从南方来到了京都。

然而，此年五月二十三日，编纂词集的工作还没有来得及步入正轨，容若就接到了皇帝即将御驾亲征雅克萨的诏令。容若想到相聚不容易，便将给梁佩兰接风和向友人辞行，放到了一起，在渌水亭大开夜宴，邀请顾贞观、朱彝尊、姜宸英、吴天章相聚。

容若因为沈宛离去,一直不快乐。席间,他喝得大醉,将心中的不快倾泻而出。他一咏三叹,写下了自己的绝笔之作《夜合花》:

阶前双夜合,枝叶敷华荣。疏密共晴雨,卷舒因晦明。
影随筠箔乱,香杂水沉生。对此能消忿,旋移近小楹。

合欢花,又名合昏、夜合、马缨花和绒花,夜间成对相合,如同夫妻欢好。传说合欢花的寓意,与虞舜的二妃有关。虞舜执政期间,巡视天下,却病逝苍梧,葬在了九嶷山。他的妃子娥皇和女英非常悲痛,追寻着他的足迹,来到湘江边上,终日望山恸哭,泪血斑斑,血尽而亡。这种挚诚,感动了上天。上天就让她们的精灵与虞舜的精灵合而为一,变成了合欢树,延续恩爱。

合欢花也因此成了中国文化观中的一个情感意象。比如人们把合欢花绣在被子上,就成了"著以长相思,缘以结不解";绘在杯子上,便有了"并蒂花开连理树,新醅酒进合欢杯";嵌在扇子上,就成了"裁为合欢扇,团圆似明月";绣在衣服上,就成了"合欢襦";结成带,就成了"合欢结";等等。

这种意象表明,为学问而心情郁结是其次,一直在为情而困才是容若心底最大的伤。当时五月又是卢氏去世的月份,他酒后的心情可想而知。但是，谁也没有想到这种酒后伤情严重到致命。

容若曾经邀请翰林院同年徐倬前来赴宴，因徐倬有事情没来，他便将自己的合欢诗送过去，请求唱和。

徐倬回复了《成容若同年以咏合欢树索余和》一首：

> 青裳细缅映清莎，韩重相思未足多。
> 花似鄂君堆绣被，叶同秦女捲轻罗。
> 树犹如此能堪否，天若有情奈老何。
> 定识云中并命鸟，深宵接翼宿琼柯。

哪里想到，容若自醉酒之日就一病不起，竟然引动寒疾复发，七日不出汗，病体沉重，大有不胜之态。此事让康熙皇帝极为震惊，他还想带着容若前往塞外，征战沙场，却没想到瞬息之间，这个臣子居然命悬一线了。

皇上立刻诏令，用最好的药来医治容若，并且让侍从一天三次通报容若病情。遗憾的是，神仙也无法挽回病入膏肓的人。

五月三十日，卢氏的祭日这一天，容若与世长辞了，年仅三十一岁（也有说三十二岁）。

生不同日，死却同期，为情而生，为情而乐，为情而困，为情而亡。

情殇至此，古今有谁？容若太悲情了！

纳兰容若的一生，诗词成功，做侍卫成功，做人也极为成功。"凡士之走京师，佗傺而失路者，必亲访慰藉；乃邀寓其家，每不忍辞去……"所以容若离去，当时很多人都极为感伤。

容若生前心底的善意和柔软，也让他在身后得到了福报。与他相交的人都能够真心交付，并且愿意为其身后事尽心尽情。

在目睹容若离开以后，顾贞观悲痛不已，写下了最后一首《金缕曲》，悼亡知己：

> 好梦而今已。被东风、猛教吹断，药炉烟气。纵使倾城还再得，宿昔风流尽矣。须转忆，半生愁味。十二楼寒双鬓薄，遍人间、无此伤心地。钗钿约，悔轻弃。
>
> 茫茫碧落音谁寄？更何年、香阶划袜，夜阑同倚。珍重韦郎多病后，百感消除无计。那只为、个人知己。依约竹声新月下，旧江山、一片啼鹃里。鸡塞杳，玉笙起。

知音陨落，人间黄泉，自此永隔，好梦碎了！

风流已逝，倾城不再，这份情感已经不能用任何的字词去承载。顾贞观自此看透人生无常。为了祭奠这份至情，他全情投入容若的诗文编纂中，亲手修订、整理其遗作，使其流传后世。

康熙三十年（1691年），他连同徐乾学、严绳孙、秦松龄等人，在容若生前编纂的《通志堂集》中，增加了容若词四卷，共三百首，刊行于世，让后人得以窥见最好的纳兰词。之后顾贞观离开了伤心地，回到惠山草堂隐居，再也没有踏足纷扰红尘。

梁佩兰同样亲眼看着容若病逝，悲痛无比。在祭文中，他用这样的文字浓缩了容若的一生："黄金如土，惟义是赴。见才必怜，见贤必慕。生平至性，结于君亲，举以待人，无事不真。"

而离开的严绳孙，怎么也没想到，自己与容若此一别，成永诀，一转身，成一生。远在江南闻此噩耗，他同样老泪纵横，一度认为自己听错了，喃喃地说道："容若强且少，而先我长逝哉？"于是他写下《哀词》，追忆曾经，感叹悲伤：

初容若年甚少，于世无所措意，既而论文之暇，闲语天下事，无所隐讳。比岁以来，究物情之变态辄卓然有所见于其中，或经时之别，一再接其绪论，未尝使人不爽然而自失也，盖其警敏如此，使更假以年，吾安知其所极哉。

沈宛也没有想到会是如此结局。她后来的归属，无人可知。只知道她生下了容若的孩子以后，明珠将这个孩子带回府中抚养，沈宛隐没江南。

她在某一个秋天，写下了《朝玉阶·秋月有感》：

惆怅凄凄秋暮天。萧条离别后,已经年。乌丝旧咏细生怜。梦魂飞故国,不能前。

无穷幽怨类啼鹃。总教多血泪,亦徒然。枝分连理绝姻缘。独窥天上月,几回圆。

比翼连理,至此无续!

纳兰容若的一生,很多意愿没有达成。

他去世后,二弟纳兰揆叙被授予翰林院侍读,还当上皇帝的日讲起居注官,得到了容若一生想要的工作。从这个结局中,我们似乎也看到康熙对容若的离去深深抱愧。

容若曾经出使的梭龙,也传来了捷报。为此,康熙认为容若功勋卓著,追赠其为一等侍卫。

而明珠在儿子离开三年后,即康熙二十七年(1688年),被罢黜大学士之职,此后二十年没有再被重用。

明珠罢相后,有了足够的时间去拿起儿子的作品阅读。在读《饮水词》的时候,那一字一殇的词句,让明珠困惑也痛苦,他悲痛着发出苍凉的疑问:他什么都有了啊,为什么会这样地不快活?

自此,他才意识到自己从来没有真正理解过这个做事稳重周全的嫡子。

是啊!容若什么都有了,在太多人看来,拥有这般的荣华,他却郁郁寡欢，似乎难以理解。

然而，要定义"快乐"，物质绝不是唯一评判标准。只拥有物质对容若来说是不够的，他还需要一个诗意的精神世界。因为世间万物有情，情之有无、多寡、深浅、荡挚，在他心里才将人分出不同和高下。

容若"纯任性灵，纤尘不染"，自然不会只求衣食无缺。他渴望一生一世一双人的纯情，渴望山水鱼泽之欢的逍遥，对知己好友极为挚诚，这都体现出他性灵方面的丰富。然而，偏偏是这样的丰富，让他一而再再而三地经受挫折，引发他内在的伤感和苦闷。

这种伤感，厚重且浓烈，是对面前世界的追问，也是对未知虚无的思索。

这种苦闷，让他真诚地直视自己的内心，拷问灵魂，也才活出了有别于他人的独特一生。

这也是古往今来，成就斐然的先贤大体一致之处。

纳兰容若用情到深处，写词到深处，做人亦到深处，惊艳后世。

图书在版编目（CIP）数据

纳兰容若词传 / 桃花月球著. —成都：天地出版社，2023.3
（诗词里的中国）
ISBN 978-7-5455-6880-6

Ⅰ.①纳… Ⅱ.①桃… Ⅲ.①纳兰性德（1655-1685）—传记 Ⅳ.①K825.6

中国版本图书馆CIP数据核字（2021）第265063号

NALAN RONGRUO CI ZHUAN
纳兰容若词传

出 品 人	杨　政
作　　者	桃花月球
责任编辑	王筠竹
责任校对	卢　霞
封面设计	金牍文化·车球
内文排版	麦莫瑞文化
责任印制	王学锋

出版发行	天地出版社 （成都市锦江区三色路238号　邮政编码：610023） （北京市方庄芳群园3区3号　邮政编码：100078）
网　　址	http://www.tiandiph.com
电子邮箱	tianditg@163.com
经　　销	新华文轩出版传媒股份有限公司
印　　刷	玖龙（天津）印刷有限公司
版　　次	2023年3月第1版
印　　次	2023年3月第1次印刷
开　　本	880mm×1230mm　1/32
印　　张	8
字　　数	158千字
定　　价	39.80元
书　　号	ISBN 978-7-5455-6880-6

版权所有◆违者必究
咨询电话：（028）86361282（总编室）
购书热线：（010）67693207（营销中心）

如有印装错误，请与本社联系调换。